Geschichten

aus der Reihe
„Perlen unserer Erinnerung"

Meine Heimat - Kleinmachnow

Persönliche Geschichten von

Eva-Maria Kluck

Carmen Sabernak (Hrsg.)

Bibliografische Information der Deutschen Nationalbibliothek:

Die Deutsche Nationalbibliothek verzeichnet diese Publikation in der Deutschen Nationalbibliografie; detaillierte bibliografische Daten sind im Internet über dnb.d.nb.de abrufbar.

Impressum

2020 © Carmen Sabernak, alle Rechte vorbehalten

Herstellung und Verlag:

BoD - Books on Demand, Norderstedt

Satz und Layout:

Nicole Mewes

Bildnachweise:

© by-studio © sonne fleckl - Fotolia.com
© Eva-Maria Kluck - Privatarchiv

ISBN: 9783751930772

Inhalt

Und das erwartet meine Leser:

Vorwort

Durch einen Schreibwettbewerb kam ich auf den Gedanken, meine Familiengeschichte niederzuschreiben. Warum?

Meine Großeltern haben mit ihrer Ansiedlung in der Gemeinde Kleinmachnow die Grundlage zu unserer Familiengeschichte geschaffen.
So wurde Kleinmachnow über Jahrzehnte hinaus zu unserer Heimat.
Für meinen Beitrag habe ich Abschnitte meines Lebens gewählt, über die wenig von den Eltern und Großeltern unserer heutigen Jugend gesprochen wird. Ich habe dies feststellen müssen, als ich einmal in der Klasse meiner Enkelin zu einem Gespräch über meine Jugend eingeladen worden war.

Beim Schreiben habe ich festgestellt, dass mein Leben eigentlich sehr interessant war. Besonders auch in der Zeit nach dem Aufbau der Mauer. Ständig im Clinch mit der Obrigkeit, habe ich es doch gemeistert, mit meiner Familie eine gute Lebensgrundlage zu schaffen. Doch das sind, wie gesagt, mehrere Abschnitte. Im Gegensatz zu den Erinnerungen aus der Kindheit, gibt es für diese Zeiten Fakten, die mit Belegen untermauert werden können. Das sind, wie gesagt, entscheidende Kapitel meines Lebens.

Niedergeschrieben habe ich sie auch als Dankeschön für die Menschen, die ich im Laufe der Jahre kennengelernt habe, wie zum Beispiel Toni Stemmler, und die, die mir geholfen haben meinen Weg zu gehen. Vor allem möchte ich aber auch meiner Familie die Vergangenheit näher bringen, denn nicht nur die Gemeinde Kleinmachnow, auch die Menschen haben sich im Laufe der Jahrzehnte verändert, geprägt durch die gesellschaftlichen Entwicklungen.

Betrachtungen aus der Sicht von 2017
Eva-Maria Kluck

**Haus der Eltern
meines Vaters**

**Mein Opa und
mein Bruder**

Haus der Großmutter

**Das Haus wurde noch
etwas vergrößert, vorne
rechts**

Familiengründung in Kleinmachnow!

Vier Generationen in Brandenburg – interessanter kann keine Entwicklung sein!

Allerdings gibt es, wie immer positive und auch negative Momente. Wie in jeder Familie, die sich eine Heimat aufbaut.

Für meine Familie begann alles mit dem Bau von zwei Eigenheimen. Nach den Erzählungen meiner Eltern, Jahrgang 1905 zufolge, muss das so etwa 1920 gewesen sein.

Nach den Wirren des ersten Weltkrieges, im Zuge der allgemeinen Landflucht, trafen sich, aus Ostpreußen kommend, die Eltern meiner Mutter. Nach ein paar Jahren Arbeit in Berlin kauften sie sich im Umland von Berlin ein Stück Bauland. Kostengünstig, da noch die Baumstubben der Waldrodung beseitigt werden mussten. Zur gleichen Zeit erwarben, so praktisch um die nächste

Straßenecke, die Eltern meines Vaters ebenfalls Grund und Boden.

So wie es damals wohl üblich war, wurde zuerst ein kleines Gartenhaus, praktisch eine massive Laube, gebaut. Damit konnte man die Miete für eine Wohnung in Berlin sparen und war immer vor Ort. Es muss für die Eltern meiner Mutter eine sehr schwere Zeit gewesen sein. Den Großvater habe ich nie kennen gelernt und Oma sprach nicht darüber. Von einer Tante erfuhr ich, dass mein Großvater noch während des Hausbaus ge-storben ist.

Oma nahm alle Arbeit an und meine Mutter tat das, womit sich heute Mädchen ihr Taschengeld aufbesserten, sie betreute Kinder und konnte so etwas zum Leben beisteuern. Allerdings wurde der Bauplan rigoros zusammengestrichen und das Eigenheim eben etwas kleiner. Meiner Oma war es wichtig, dass meine Mutter eine gute Ausbildung erhielt. Das Leben war bestimmt zu der damaligen Zeit nicht einfach, besser gesagt, für die heutige Generation einfach unvorstellbar. Geprägt von der Zeit nach dem ersten Weltkrieg und der nachfolgenden Inflation. Not und Sorgen waren ständig zu Gast. Es gab den berühmten Kohlrübenwinter. Von morgens bis abends Kohlrüben. Morgens als Marmelade, als Mittagessen und auch abends.

In einer entstehenden Gemeinde am Rande von Berlin, postalisch waren wir "Post Berlin-Zehlendorf 4", muss das Leben wohl auch nicht immer ganz einfach gewesen sein. Etwas erzählte meine Mutter, was auch heute unvorstellbar ist. Meine Oma hat ihr, damit die Papierschuhe, die es in der Notzeit gab, nicht durchfeuchteten, den Weg, so 15 Minuten bis zum Bus nach Berlin, vom Schnee frei geschippt.

Die Eltern meines Vaters hatten es etwas leichter. Mein Großvater hatte eine gute Arbeitsstelle und drei fast erwachsene Söhne konnten schon mit zupacken. So hat mein Vater, der älteste der drei Söhne, die Baugrube fast alleine per Hand mit Spaten und Schubkarre, ausgeschachtet.

Meine Eltern fanden sich und wurden, nachdem sie noch einige Zeit in Berlin gewohnt hatten, wie ihre Eltern, auch Bürger der aufstrebenden Gemeinde Kleinmachnow. Gewohnt haben sie

mit in dem Haus meiner Großmutter mütter-
licherseits.

Geboren im Jahr 1935 kam ich 1941 in die Schule.
In die Eigenherdschule. Genannt nach dem Sied-
lungsteil "Eigenherdsiedlung". Die Schule war,
da auch neu entstanden, modern und kann bis
heute einen guten Standard vorweisen. Angefangen von, nach damaligem Stand, hell und
modern eingerichteten Klassenräumen, einer
Lehrküche, Physikraum mit Labortischanlage mit
eingebauten Bunsenbrennern, einer gut ausge-
statteten Aula und einer tollen Turnhalle, war
alles vorhanden. Der Direktor wurde noch nach
der Wende postum als einer der, in seiner Zeit,
besten Erzieher geehrt.

Eigenherdschule

Die schönsten Erinnerungen an meine Kindheit im Land Brandenburg waren immer unsere Ausflüge. Mit den Fahrrädern haben wir den Berliner Grunewald bis zum Wannsee entlang, kennen gelernt. Auch das Kleinmachnower Umland war unser Ziel. Die Hakeburg von Kleinmachnow, Güterfelde, ehedem Gütergotz, das Klärwerk mit den Rieselfeldern, das Jagdschloss Stern, die Gegend bis zum Seddiner See, alles wurde erradelt. Mein Vater erklärte uns die Geschichte der Orte und ihre Bedeutung. Obwohl die Zeit damals nicht ganz einfach war, waren es immer Erlebnisse, die mir zum Teil bis heute in Erinnerung geblieben sind.

Mein Vater, Bruder & ich

Auto "Hanomag"

Leider ging die schöne Zeit dann bald zu Ende. Der zweite Weltkrieg begann. Ich kann mich noch sehr genau daran erinnern, wie die ersten Luftangriffe erfolgten. Meine Puppen und meine Teddybären sollten unbedingt mit in den Keller. Meine Mutter lehnte dies, mit der Begründung dass es im Keller zu kalt für die Puppen ist, ab. Damit hatte sie sich aber Arbeit geschaffen, denn sie musste mir am nächsten Tag zeigen, wie man Puppenkleider näht, damit alle beim nächsten Alarm mit in den Keller konnten. Nun war ja auch am Tage Fliegeralarm. Dazu gab es erst einen Voralarm. Fünfzehn Minuten vor dem eigentlichen Alarm. Kinder, die es schafften in dieser Zeitspanne von der Schule nach Hause zu laufen, konnten dieses tun. Ich bin so schnell gerannt wie ich konnte und habe es auch geschafft. Mein Bruder, fünf Jahre älter, ging zur Oberschule am Weinberg und musste, da der Weg weiter war, dort in den Luftschutzkeller.

Ein Schreckerlebnis werde ich auch nicht vergessen. Auf unserem Nachbarhaus wurde eine Sirene installiert, die den Fliegeralarm ankündigte. Als sie das erste Mal ausprobiert wurde, kam ich gerade vom Milch holen. Es gab ja schon

Lebensmittel auf Zuteilung. Wir Kinder bekamen jeden Tag einen halben Liter Milch, den ich immer abholen musste. Ich kam also gerade mit meiner Milchkanne den Gartenweg zum Haus entlang, als die Sirene anfing zu heulen. Es war der Schreck des Jahrhunderts. Ich habe die Milchkanne weggeschmissen und bin heulend zu meiner Mutter ins Haus gelaufen.

Meine Eltern muss ich im Nachhinein bewundern. Sie haben es verstanden den Druck von uns Kindern fern zu halten, indem sie uns alles kindgerecht erklärten. So zum Beispiel, warum mein Vater den Kellerraum unter unserer Veranda als Luftschutzkeller ausbaute. Mit Stützbalken, falls das Haus darüber von einer Bombe getroffen würde. Aus dem Kellerfenster wurde ein Notausstieg, dazu Sitzgelegenheiten für uns alle. Jedes Haus musste einen Keller so entsprechend ausrüsten. Wo dies nicht möglich war, musste bei Alarm der Luftschutzkeller der Straße aufgesucht werden. Er war schräg gegenüber in unserer Straße. Er wurde in den letzten Kriegstagen durch den Treffer einer Luftmine zum Grab von 11 Menschen. Nur 3 wurden gerettet. Am Rande unserer Gemeinde, in Düppel, wurde eine Fliegerabwehranlage, eine Flackstelle, angelegt. Mein Vater ist mit uns hingefahren, damit wir erkennen konnten, warum das Schießen so laut war.

Wir hatten Glück. Unser Vater wurde aus gesundheitlichen Gründen immer nur als Reservist zeitweilig eingezogen und kam immer wieder nach Hause. Seine beiden Brüder sind im Krieg gefallen. Wie auch einige Väter meiner Schulkameradinnen. Wegen meinem Bruder hatte mein Vater Ärger mit der Obrigkeit. Mein Bruder musste ja pflichtgemäß in der Hitlerjugend sein. Nun war er für sein Alter sehr klein. Immer der Kleinste in der Klasse, dazu war er humanistisch erzogen. Also kamen die Jugendführer zu meinem Vater und erklärten ihm, dass mein Bruder gar kein richtiger deutscher Junge war. Das wäre auch nicht verwunderlich, da wir nicht einmal ein Hitlerbild und eine Fahne hatten. Damit mein Bruder keinen weiteren Ärger bekam, wurde ein Hitlerbild angeschafft und im Garten ein Fahnenmast aufgestellt. Ich kann mich aber nur an ein einziges Mal erinnern, an dem die Fahne hochgezogen wurde.

Allerdings hat die geringe Größe meines Bruders ihn auch vor einigem Schlimmen bewahrt. Zum Kriegsende wurden ja die letzten Reserven zur Verteidigung des "Tausendjährigen Reiches" mobilisiert. Auch die Schulklasse meines Bruders, die Jungen waren gerade fünfzehn, wurde gemustert. Als mein Bruder dran war, sagte der Verantwortliche, dass er mal wieder nach Hause gehen sollte und erst noch ein bisschen wachsen müsste, um sein Vaterland zu verteidigen. Einige seiner Schulkameraden sind nicht wieder nach Hause gekommen.

Auch unseren Nachbarn hat es erwischt. Der Notabwurf eines Bombers hat nicht nur, in dem schon erwähnten Treffer des Luftschutzkellers der Straße Opfer gebracht. Eine Mine ging in der Nähe des Hauses unseres Nachbarn nieder. Seine Neugierde wurde ihm zum Verhängnis. Er wollte sehen, warum da ein Flugzeug so tief flog, ging aus dem Haus, gerade als die Mine aufschlug. Ein Splitter traf ihn an der Stirn und riss ein tiefes Loch. Das war der erste Verletzte den ich gesehen habe. Er starb an der Verletzung. Es waren die letzten Kriegstage und an eine Bestattung auf dem Friedhof war nicht zu denken. Also fertige mein Vater aus Brettern des zerstörten Hauses einen Sarg und wir beerdigten unseren Nachbarn in seinem Garten. Später wurde er dann umgebettet. Die für unseren Nachbarn tötliche Mine ließ auch unser Haus nicht unbeschädigt. Der von ihr ausgehende Luftdruck hat nicht nur alle Fenster unserer Veranda zersplittert. Er hat auch einen großen Teil unseres Daches abgedeckt. Aus Ziegeln des zerstörten Hauses wurden die größten Schäden beseitigt.

Nicht nur bei uns hat der Bombennotabwurf Schaden hinterlassen. Der Abwurf, das waren ja mehrere Minen die linear durch die Gärten eine Schneise der Verwüstungen hinterließen. Auch das Haus der Eltern meines Vaters wurde erheblich beschädigt und musste notdürftig ausgebessert werden. Inzwischen gab es auch kein Trinkwasser mehr. Aus der Bauzeit unseres Hauses existierte noch eine Handschwengelpumpe. Die war eigentlich nur noch Dekoration im Garten. Aber Wasser musste her. Also gruben mein Vater und mein Bruder ein riesengroßes tiefes Loch um die Steigleitung. Es gelang ihnen tatsächlich die Förderstelle zu erreichen und die Versandung zu beseitigen. Unsere Nachbarin hatte auch noch eine gangbare Pumpe im Garten und so konnten dann auch die Nachbarn aus der Umgegend Wasser holen.

Ein einschneidendes Erlebnis gab es noch in den letzten Kriegstagen. Es wurde der so genannte Volkssturm organisiert. Auch mein Vater musste sich melden. Das letzte Aufgebot sollte die anrückenden Russen aufhalten. Der Vater einer Mitschülerin war Hauptmann der Armee und sollte den Einsatz der Gruppe, der mein Vater angehörte, leiten. Mein Vater war am Abend, mit einigen Waffen ausgerüstet wieder zu Hause. Der Hauptmann hatte die Sinnlosigkeit des Einsatzes eingesehen und die ihm unterstellten Männer nach Hause geschickt. Er ist dann auch nach Hause, hat sich von seiner Familie verabschiedet und erschossen. Von anderen Volkssturmgruppen sind viele gefallen.

Am Teltowkanal, allerdings auf der Seite von Teltow, gab es große Lebensmittelspeicher, die zum Teil von den abziehenden deutschen Soldaten geräumt, aber auch von den Bürgern geplündert wurden. Mein Vater hatte sich auch auf den Weg gemacht um uns einige Lebensmittel zu besorgen. Als sein Rucksack gerade voll war, wurde er von einem Soldaten angesprochen. Wenn er von der Kleinmachnower Seite sei, sollte er sich aber beeilen, denn in einigen Minuten würden die Brücken über den Kanal gesprengt. Mein Vater hat es gerade noch so geschafft. Die Brückensprengung hat die russische Armee aber nicht aufgehalten.

An einem Morgen kurz danach, blickte ich aus dem Fenster und sah fremde Soldaten.

Alles ab in den Keller.

Meine Oma war ja schon alt und meine Mutter richtete sich so her, dass sie bald noch älter aussah als Oma. Uns Kindern wurde eingeschärft, dass wir keine Mutter mehr hatten. Nur die Omas. Es waren schreckliche Tage. In kurzen Abständen kamen Gruppen russischer Soldaten und durchsuchten das Haus. Es wurde alles aus den Schränken gerissen und auch einiges mitgenommen. Erst haben wir versucht zwischendurch aufzuräumen. Doch dann haben wir das gelassen. So sahen die nächsten wenigstens, dass ihre Kameraden schon da gewesen waren. Meinen

Vater muss ich noch heute bewundern. Trotz der Gefahr, in der er schwebte, denn es wurden einige Männer von den Russen mitgenommen, blieb er ruhig und gab uns Kindern somit eine Sicherheit. Wir hatten sowieso keine großen Reichtümer zu verlieren. Meine Eltern hatten alles, was Wert hatte, gut versteckt. Mein Vater hat die Ziegel des Daches unterhalb der Schräge der Zimmer aufgenommen und alles dahinter untergebracht. Ziegel wieder rauf und nichts war zu sehen. So haben wir wenigstens nicht alles verloren.

Unser Haus und noch zwei Nachbarhäuser wurden beschlagnahmt. Sie wurden zum Quartier der Russischen Soldaten. In unserem Haus wohnte der Kommandeur und dort war auch die Küche der Soldaten. Unsere Nachbarn und wir kamen in einem Haus, dessen Garten an den unsrigen grenzte, unter. Die Lage hatte sich ja allgemein wohl etwas entspannt und wir Kinder durften auch im Garten spielen. Gegessen haben wir alle gemeinsam im großen Wohnzimmer unserer Gastgeber. Auch dabei gab es Erlebnisse, die ich nie vergessen habe.

Eine Nachbarin kam mit einer Büchse Schmalzfleisch (500 g-Büchse) und verteilte alles in der Runde. Sie wollte uns an ihrer Freude teilhaben lassen. Sie hatte auf Umwegen erfahren, dass ihrem Sohn, der Soldat war, die Flucht auf dem Weg in die Gefangenschaft gelungen war und er sich bei Freunden versteckt hielt.

Negativ war ein anderes Erlebnis. Unter den Ausquartierten war auch das Fleischerehepaar aus unserer Straße. Ich war mit meinen zehn Jahren empört. Beide haben von allem, was wir so hatten, mitgegessen. Abends machte der Fleischermeister dann aber seine eigenen Stullen. Auf das Brot kam Butter, dann Wurst und darauf ein Stück Käse. Woher auch immer. Es hat den Herrn überhaupt nicht gestört, dass uns bei dem Anblick der dreifach belegten Stulle, der Bissen unserer Schmalzstulle im Halse stecken blieb.

Als wir eines Tages alle im Wohnzimmer zusammen saßen, kamen drei Russen. Sie hatten am Gartentor unseres Gastgebers gesehen, dass er Dentist, also Zahnarzt, war. Der eine von den dreien hatte – durch einen total vereiterten Backenzahn – fürchterliche Zahnschmerzen. Der musste gezogen werden. Du helfen oder – die

Maschinenpistole wurde angehoben. Wir saßen alle wie versteinert. Meine Oma, meine Mutter und noch eine Nachbarin haben gebetet. Das muss wohl geholfen haben. Unser Gastgeber war kreidebleich und hat fürchterlich geschwitzt. Er hat den Zahn aber gut rausbekommen. Dafür ein "charaschow" mit Schulterklopfen bekommen und wir waren alle erleichtert. Mittags kam dann der Zahnpatient mit einem großen Kübel Eintopf. Er war der Koch der Brigade und sehr dankbar, dass ihm geholfen worden war. Die nächsten Tage gab es dann immer von ihm Mittagessen. Meine Mutter stellte fest, dass die Russen das Gemüse genauso gut kochten wie wir. Etwas später merkte sie dann, dass es ihre eingeweckten Möhren und Bohnen gewesen sind.

Dann gab es einen großen Schreck für meine Familie. Als ich wieder einmal durch unseren Garten ging und auf unser Haus sah, stand oben am Fenster mein Großvater. Ich erzählte das meinem Vater und der ging zu dem russischen Kommandeur, der in unserem Hause wohnte. Es stellte sich heraus, dass der kleine Giebelraum unseres Hauses als Arrestzelle benutzt wurde. Die Russen hatten bei der Durchsuchung des

Hauses meines Großvaters den Paradesäbel meines einen Onkels gefunden und meinen Opa darum inhaftiert. Meinem Vater gelang es tatsächlich den Kommandeur davon zu überzeugen, dass seine Eltern zwei Söhne im Krieg verloren hatten und der Säbel das Andenken an den jüngsten war. Auf jeden Fall durfte mein Opa wieder nach Hause gehen.

Nach, ich glaube es waren wohl zwei Wochen vergangen, konnten wir wieder zurück in unsere Häuser. Es war eigentlich nur schrecklich. Unser Inventar zum größten Teil weg. Dafür unbekannte Sachen vorhanden. Toilette total verstopft. Es war jedenfalls viel aufzuräumen. Aber auch für dieses Chaos wurde von allen Nachbarn eine Lösung gefunden. Jeder stellte das, was ihm nicht gehörte in einen Raum. Alle Nachbarn gingen durch und alle holten so ihr Eigentum, sofern es überhaupt noch vorhanden war, zurück. Nun alle nahmen es nicht so genau. Bei einer Hilfeleistung bei unserem Fleischer entdeckte mein Vater mein Bett. Wir bekamen es erst nach einigen Debatten zurück. Die Zeit verging mit viel Arbeit. Vor allem im Garten, damit es wenigstens etwas Gemüse und Obst gab. Dann gab es wieder ein einschneidendes Erlebnis.

In einer etwas entfernten Straße wohnte ein Schneidermeister mit Familie. Frau, Schwiegertochter und deren Freundin. Es war ja ein bisschen Normalität wieder in das Leben eingekehrt. So wollten die beiden jungen Damen mal spazieren gehen. Nun gut. Wir hatten uns inzwischen an den Anblick unserer Besatzer gewöhnt und waren bemüht, uns so unauffällig wie möglich zu verhalten. Alle Frauen waren alt und hässlich. Da müssen die Russen nicht schlecht gestaunt haben als die zwei jungen Frauen, sommerlich und hübsch angezogen, die Straße entlang schlenderten. Die Gelegenheit ließen sie nicht ungenutzt. Die beiden schrien fürchterlich. Schwiegervater hörte es, kam angerannt um den beiden zu helfen. Die Russen haben ihn erschossen.

Der Sommer kam und für uns Kinder fing die Schule wieder an. Der Schulweg ging an dem zerstörten Haus vorbei und das war schrecklich. Die Russen hatten verboten, die Toten aus der Ruine zu bergen. Wir sollten alle erleben was Krieg bedeutete. Nun war der Sommer sehr heiß. Der

Geruch war schrecklich.

Die Schule war gut über das Kriegsende gekommen. Doch nun war sie viel zu klein. Es waren viele Flüchtlinge aus Ostpreußen, Pommern und Schlesien in unserem Ort angekommen. Die Schülerzahl musste sich wahrscheinlich verdoppelt haben. So saßen wir zu viert in hohen Bänken die eigentlich für drei gedacht waren. Der Unterricht wurde in zwei Schichten durchgeführt. Immer von morgens um acht bis mittags dreizehn Uhr und nachmittags von vierzehn bis neunzehn Uhr. Da in unserer Schule ja eine große Lehrküche war, wurde auch eine Schulspeisung organisiert. Für viele Kinder wahrscheinlich ein Teil der Lebensgrundlage. Für mich, da wir durch unseren Garten, Ziege und Hühner hatten, deshalb nicht gerade Hunger leiden mussten, war das Schulessen Horror pur. Es hieß "Eifosuppe". Sie bestand aus zu Mehl gemahlenen Eicheln. Das ganze roch wie der Kleister "Gummiarabikum" und schmeckte auch so.

Ich bekam das Zeug einfach nicht runter. Da ich recht groß und dünn war, waren die Lehrer der Meinung, dass ich das Zeug unbedingt essen sollte. Ich hatte schon den Trick entwickelt, mich immer neben ein Mädchen zu setzen, das ständig Hunger hatte. Die bekam dann, in einem unbeobachteten Augenblick, mein Essen in ihre Schüssel. Die Lehrer haben es doch gemerkt, stellten sich neben mir auf und zwangen mich so, die Suppe zu Essen. Letztmalig. Nachdem ich mir so einige Löffel voll hintergequält hatte, musste ich Brechen, rannte aus der Klasse den Flur zu den Toiletten entlang. Die Strecke war zu lang und unsere Reinigungskraft musste den, so etwa dreißig Meter langen Flur, aufwischen. Mein häusliches Frühstück musste wohl auch gleich mit raus gekommen sein, denn soviel Eifosuppe hatte ich gar nicht gegessen. Irgendwann muss das Eifomehl schließlich alle gewesen sein, denn nun gab es Mohrrübensuppe. Die Mohrrüben mussten natürlich geschält werden. Das mussten wir Schülerinnen machen. Alle Mädchen, die in Deutsch und Mathematik besser als Note Zwei standen, wurden zum Mohrrübenschälen abkommandiert.

Die Menge Möhren die ich geschält habe, hat mir meine Liebe zu diesem Gemüse für lange Zeit ausgetrieben. Zur Belohnung hat sich unser

Mathelehrer was Gutes ausgedacht. Er war ein Mathematikprofessor, der bis zum Kriegsende an der Oberschule unterrichtet hatte, zurückversetzt worden war und uns nun was Besonderes beibringen wollte. Alle, die über Zwei standen, bekamen, statt dem in der Grundschule üblichen praktischen Rechnen, nun das Fach Algebra. Für uns Möhrenschäler hängte er an den üblichen Unterricht noch eine Stunde Grundrechnen ran, damit wir das, durch das Schälen versäumte, nachholen konnten. Es wäre gelogen, dass wir uns darüber gefreut haben. Viele Jahre später, war ich sehr dankbar für seinen Unterricht, denn in den von ihm gelehrten Bereichen, hatte ich Abiturniveau.

Im Winter war die Durchführung des Unterrichts sehr schwierig, denn die Schule konnte nicht beheizt werden. So lange es irgend ging, saßen wir dick angezogen und mit Handschuhen im Unterricht. Dazu muss man aber sagen, dass Winterkleidung bei einigen auch wenig vorhanden war. Als es so kalt wurde, dass der Unterricht so auch nicht mehr durchgeführt werden konnte, gab es dann folgende Regelung. Jeder Schüler brachte nach Möglichkeit ein Stück Holz oder Kohle mit und wir trafen uns im Wohnzimmer unserer Klassenlehrerin. Mit dem mitgebrachten Heizmaterial wurde ein kleiner Ofen beheizt. Wir bekamen von ihr unsere Aufgaben für alle Fächer übermittelt. Da sie unsere Deutschlehrerin war, wurde dieses Fach, auch im Wohnzimmer natürlich besonders gründlich durchgearbeitet. Trotz dieser Schwierigkeiten hatten wir alle den Wunsch zu lernen. Allerdings gab es ständig Wechsel in der Klassenstruktur. Lehrer kamen und gingen. Schüler kamen nicht mehr, denn viele Eltern zogen aus der Sowjetischen Besatzungszone in den goldenen Westen. Auch meinen Eltern wurde ein Umzug angeboten. Mein Vater, der langjährig in den Boschwerken gearbeitet hatte, wurde zu einer Versammlung der ehemaligen Kleinmachnower Belegschaft eingeladen und bekam eine Stellung in Frankfurt am Main angeboten.

Meine Eltern haben darüber diskutiert. Dann stand fest, dass wir in Kleinmachnow bleiben. Meine Eltern waren der Meinung, dass unsere Familien sich hier im Ort eine Heimat geschaffen hatten, die man nicht so einfach verlässt. Ganz klipp und klar sagte mein Vater, dass wir den Krieg, das Kriegsende und alle danach auftretenden Schwierigkeiten überstanden hatten und dass es wohl nicht so schlimm kommen könnte, dass man deswegen die Heimat verlassen müsste. Mein Vater hat sich dann einen kleinen Handwerksbetrieb aufgebaut und wir Kinder, inzwischen waren wir drei, 1945 bekamen wir noch einen kleinen Bruder, haben die Schule gut abgeschlossen. Wir wussten, dass man nur mit einer guten Wissensgrundlage seine Wünsche verwirklichen kann.

Mein älterer Bruder begann die Lehre zum Handelskaufmann. Berlin war ja in vier Besatzungszonen aufgeteilt. Russische, Amerikanische, Englische und Französische Zone. Da sich die letzten drei Genannten zusammenschlossen, gab es praktisch eine Russische Zone und eine Westzone. Die Lehrstelle meines Bruders war in Zehlendorf und damit in der Westzone. Wenn auch die Zonengrenzen in Deutschland fest geschlossen waren, in Berlin gab es zwar Kontrollen, aber der "Grenzübertritt" war relativ einfach. Wir lernten alle das Geschäft der Schmuggler, denn es gab einige Lebensmittel einfach nur im "Westen." Ich war in der Beziehung sehr begabt. So manches Stück Margarine wanderte in meiner

Tasche von West nach Ost. Im Nachgang ganz lustig. Die Markthändler fragten beim Kauf immer gleich: "breit?" Mit dem Fleischklopfer breit geschlagen, konnte man das Stück gut in die Kleidungstasche stecken.

Die Jugendlichen im Westen arbeiteten die Teilung in Form eines Gedichtes auf. Mein Bruder brachte es von der Berufsschule mit. Eigentlich sollte ich es nach dem Lesen gleich vernichten, denn auf solche Meinungsäußerungen standen nicht unerhebliche Strafen, doch ich habe es bis heute versteckt. Nach längerem Suchen wiedergefunden und hier der Text, der einzigartig die Stimmung vieler Ostzonenbürger aufzeigt:

Deutschland, Deutschland ohne alles,
ohne Butter, ohne Speck,
und das bisschen Marmelade
frisst uns die Verwaltung weg.
Die Preise hoch, die Zonen fest geschlossen,
die Not marschiert mit ruhig festem Schritt.
Es hungern all die kleinen Volksgenossen,
die großen hungern nur im Geiste mit.
Hände falten, Köpfe senken,

immer an die Einheit denken.
Komm Wilhelm Pieck, sei unser Gast,
und gib uns, was Du uns versprochen hast.
Doch nicht nur Rüben oder Kohl,
sondern, was Du frisst und Grotewohl.
Nichts auf dem Tisch, nichts auf dem Teller,
nichts auf dem Boden, nichts in dem Keller,
es gibt nicht einmal Klosettpapier,
SED – wir danken Dir!
Willkommen Befreier.
Ihr nahmt uns die Eier.
Die Milch und die Butter.
Das Vieh samt dem Futter.
Auch Uhren und Ringe
und sonstige Dinge.
Waggons und Geleise
nahmt ihr mit auf die Reise.
Von all diesem Plunder habt ihr uns befreit,
wir weinen vor Freude, wie nett ihr doch seid.
Wie schlecht war es früher, wie schön ist es heut.
Willkommen Befreier! Ihr herrlichen Leut!

Die Zeilen liegen mir handschriftlich auf einem Schmierzettel von meinem Bruder vor. Den Verfasser hat er nicht genannt. Auf dem Zettel ist ein Datum, Schöneberg, den 25. Juni 1947.

Deutschland, Deutschland ohne alles,
Ohne ~~Speck~~ Butter, ohne Speck,
Und das bisschen Marmelade frisst uns die
Verwaltung weg.
Die Preise hoch, die Boren fest geschlossen,
Die Not marschiert mit ruhig festem Schritt,
Es hungern alle kleinen Volksgenossen,
Die großen hungern nur im Geist mit.
Hände falten, Köpfe senken, immer an die
Einheit denken

Doch nicht nur Butter oder
Sondern was du frisst und Großvieh.
Nichts auf dem Tisch, nichts auf dem Teller,
"   "   " Berlin,   im   Keller,
Es gibt noch nicht einmal

Willkommen Befreier! Ihr nehmt uns die Eier,
Die Milch und die Butter, das Vieh
Auch Uhren und Ringe und sonstige Dinge,
Waggons und Gleise

Der Zettel war für eine Resolution einer Jugend-
versammlung vorgesehen. Also vor siebzig Jahren von den Jugendlichen verfasst.

Im letzten Schuljahr kam dann die Politik auf uns Schüler zu. Die "Freie Deutsche Jugend" warb in unserer Klasse um unsere Mitgliedschaft. Sie wollte sich dafür einsetzen, dass vom Deutschen Boden nie wieder ein Krieg ausgeht. Auch ich fand das sehr gut und fragte zu Hause meine Eltern, ob sie mir die Genehmigung zum Eintritt geben würden.

Mein Vater sagte, dass wir abends noch mal darüber sprechen würden. Jetzt aber müsste ich erst mal mit ihm mitkommen, um ihm bei einem Schlossauftrag zu helfen. Das tat ich damals öfter und so fuhren wir zu einem Einfamilienhaus. Das war der FDJ als Klubheim zur Verfügung gestellt worden und mein Vater hatte den Auftrag die vorhandenen Schlösser zu reparieren. Dort angekommen, staunte ich nicht schlecht. Mir wurde regelrecht übel. Überquellende Aschenbecher, leere Bierflaschen, im Bad hatte sich wohl irgendwann einer übergeben. Ein fürchterlicher Geruch füllte die Räume, die bestimmt auch lange nicht mehr gereinigt worden waren. "Sieh dir alles gut an", bemerkte mein Vater so nebenbei, "das soll dann deine zukünftige Organisation sein". Die Debatte darüber am Abend hatte sich damit erledigt. Am nächsten Tag in der Schule gab ich dann bekannt, dass ich nicht in die FDJ eintreten werde. Die meisten Mitschüler traten auch nicht ein. Ärger gab es deswegen nicht. Zu dieser Zeit konnte man noch eine eigene Meinung kundtun.

Wünsche und Träume hatten wir viele. Eine Verwirklichung war allerdings nicht einfach. Besser gesagt, oft unmöglich. Wir lebten in einer zweigeteilten Welt. Westzone - Ostzone. Noch herrschte ein reger Grenzverkehr. Wir Ostler hatten schon gelernt, dass viele Dinge für uns unerreichbar waren. Alle politischen Wirren schlugen sich besonders hart auf uns Jugendliche nieder. Jedenfalls war das so unser Empfinden. Die erste Liebe. Doch plötzlich der andere Partner weg. Abgehauen wurde gesagt. Lehrstelle gehabt. Lehrmeister/in abgehauen. Je nach politischer Lage konnten die Westberliner in Ostberlin Lokale aufsuchen. Wir Ostler konnten nach Westberlin einkaufen gehen, Kino besuchen. Alles was man so wollte. Allerdings immer zum Wechselkurs.

Nach der Währungsreform war unser Geld praktisch kaum noch was wert. Viele unserer Wünsche konnten wir in unserem Landesabschnitt nicht verwirklichen. Das konnte man im Westen und so gingen dann viele Bürger, auch aus unserer Nachbarschaft, in den Westen. Das war ja auch damals noch ganz einfach. Mit der Bahn oder zu Fuß nach Westberlin. Wir konnten ja auch in Westberlin einkaufen. War aber alles wenigstens fünf- bis siebenmal so teuer. So zerplatzten unsere Träume oft wie Seifenblasen.

Als Kriegskinder waren wir gewohnt, dass man nicht immer alles haben kann. So träumten wir davon, einen guten Berufsabschluss zu machen. Nach der Lehre dann etwas Geld verdienen, um sich dann doch ein bisschen was kaufen zu können. Trotzdem waren wir nicht unglücklich. Wir hatten Freunde, mit denen wir tanzen gingen, Musik hörten, uns trafen und unseren Spaß hatten. Wir entwickelten sogar etwas wie Stolz, weil wir uns mit wenig genau so vergnügten, wie einige unserer Klassenkameradinnen die, schick angezogen, sich in den Westberliner Klubs mit den amerikanischen Soldaten anfreundeten. Ich kann mich sogar noch an zwei Mädchen erinnern, die auf dem Heimweg in unseren Ort, von einigen Jungs als Nutten beschimpft und verprügelt worden sind. Wie die meisten meiner Freundinnen und Bekannten habe ich dann mit zwanzig geheiratet. Es war üblich, relativ schnell zu heiraten, denn nur dann hatte man Anspruch auf Wohnraum.

Wie gesagt auf Wohnraum – nicht etwa auf eine Wohnung. Als Ehepaar eineinhalb Zimmer. Gemeinsame Badbenutzung mit den anderen Mietern des Hauses. Trotz dieser nicht gerade günstigen Umstände waren wir glücklich. Glücklich über jedes Möbelstück, wofür wir gespart hatten. Bei jeder Anschaffung gab es dann eine kleine Feier mit den Freunden oder den Nachbarn. Wir hofften auch irgendwann eine richtige Wohnung zu bekommen. Immerhin wurden durch den Weggang vieler Bürger immer wieder Wohnungen oder Häuser frei. Wir hatten dann aber doch nichts davon. Die freien Wohnungen wurden in der Hauptsache an neu zuziehende Fachkräfte, die, für die auch bei uns aufstrebende Industrie, wichtig waren, vergeben. Da die meisten aus Sachsen kamen, wurden sie sarkastisch als fünfte Besatzungsmacht bezeichnet. Viele von unseren Neubürgern hielten es bei uns aber auch nicht lange aus. Sie fuhren mit der

S-Bahn vom Bahnhof Düppel einfach mal nach Westberlin und blieben dort. Mit dem Flugzeug ging es dann nach Westdeutschland. So wurden unsere grenznahen Orte zum Sprungbrett für viele Flüchtlinge aus den Ostgebieten. Wir waren darüber sehr erbost, denn diesen Leuten wurden uns Alteingesessenen gegenüber alle möglichen Vorteile eingeräumt, und unser Ort wurde von ihnen nur zum Sprung in den Westen benutzt, wo sie dann für ihre "Leiden" in der Ostzone recht gut entschädigt wurden.

Um meine beruflichen Träume zu verwirklichen, habe ich dann die Aufnahmeprüfung an der Meisterschule für das Kunsthandwerk in West- berlin gemacht und bestanden. Mein Mann an einer Fachschule die Prüfung als Kunstschlosser.

Wir glaubten unseren Wünschen näher gekom- men zu sein. Doch das war der Fall von "Denkste". Nach einigen Wirren, Grenze nach Westberlin zu, Grenze stundenweise auf, dann aber endgültig zu. Damit waren wieder einmal alle Träume ge- platzt. Das Leben ging aber schließlich weiter und wir haben eben unsere Wünsche und Träu- me auf das Machbare eingestellt.

Die Mauer wird gebaut - doch wir leben schließlich weiter!

Als Grenzort hatten wir schließlich schon so manches erlebt. Grenze ganz geschlossen. Dann wieder offen. Unser Bahnhof Düppel wurde zum Blumenmeer. Dann wieder nur stundenweise vor- und nachmittags offen, damit die in Berlin arbeitenden, zur Arbeit kamen. Schließlich ganz geschlossen. Bahnhof Stahnsdorf und Teltow aber noch offen, sodass sich der Weg zur Arbeit um eine Busfahrt verlängerte. Dann war die Umgehungsbahnstrecke, der sogenannte Sputnik, schließlich fertig und es wurden alle noch bestehenden Grenzübergänge geschlossen. Der Mauerbau brachte dann die endgültige Gewissheit, dass keinerlei Änderung der Teilung Deutschlands so bald zu erwarten war.

Für mich brachte die Zeit so manche einschneidende Veränderung. Mein Mann bekam eine Anstellung als Handwerker bei der DEFA und fügte sich dort sehr gut ein. Sein Hobby, das Fotografieren, baute er aus. Er wechselte von unseren gemeinsam gefertigten Naturaufnahmen zu Pornoaufnahmen, bei denen er mit einer Geliebten als Darsteller fungierte. Dank der Kenntnisse, die er bei der DEFA erwarb und der Materialien die er von dort irgendwie besorgte, in Farbe und guter Qualität. Von da an war Krieg angesagt. Hielt sich zwar in Grenzen, nach heutigen Erkenntnissen hatte ich ihm schon viel zu oft verziehen, aber das änderte sich nun ganz rapide und das Ende unserer Ehe war absehbar. Es kam, als er bei einer Feier der DEFA von mir verlangte, mit einem, ihm von seiner Arbeit her bekannten Ehepaar, uns zum Gruppensex und Partnertausch zu treffen. Ganz abgesehen von der Tatsache, dass ich den angebotenen Partner einfach nur widerlich fand, war die gesellschaftliche Einstellung zu derartigen Vergnügungen, im Gegensatz zu heute, als prüde zu bezeichnen. Es sei denn, man war bei der DEFA beschäftigt oder in bestimmten Künstlerkreisen. Ich versuchte dann meine Wut über das Geschehen zu ertränken. Gott sei Dank wurde das aber von einem jungen attraktiven Mann verhindert. Besoffene Frauen sind mir eigentlich ein Greul, auch in so einem Ausnahmefall. Allerdings war mein Retter in vieler Hinsicht, was die holde Weiblichkeit betraf, auch nicht ganz ohne – aber das Niveau war höher und so gab es viele gute Momente, die mir die nun angestrebte Scheidung sehr erleichterten.

Die Scheidung war dann eigentlich auch so ein AHA - Erlebnis. Als ich sie beim Gericht beantragte, und nach Wohnort und Arbeitsstelle meines Mannes gefragt wurde, meine Antwort Kleinmachnow und DEFA war, sagte die aufnehmende ältere Dame nur: kein Wunder. Die zweite Frage war dann, ob ich mir das auch richtig überlegt habe. Auf meine Antwort, dass ich zu diesem Entschluss über ein Jahr gebraucht habe, war die Dame sehr erfreut und jubelte. Da guckte ich wohl doch etwas verstört, denn ich fand das gar nicht so lustig. Die Erklärung für die Freude der Dame war dann, dass etwa achtzig Prozent der Antragstellerinnen innerhalb von zwei Monaten ihren Scheidungsantrag zurückziehen und die bis dahin getätigte Arbeit umsonst war, was bei mir wohl nach einem Jahr Überlegung nicht der Fall sein würde. Trotz aller Zerwürfnisse haben mein Mann und ich uns dann auch darüber geeinigt, keine schmutzige Wäsche in der Öffentlichkeit zu waschen und die Angelegenheit mit Anstand über die Bühne zu bringen. Wir waren dabei so gut, dass es die Richterin bemerkte und uns das auch vorgeworfen hat. Da aber keinerlei Beweise vorlagen, wurde unsere Ehe, die immerhin sieben Jahre gedauert hat, von denen auch die Hälfte gut waren, innerhalb von dreißig Minuten geschieden. Es war ja eigentlich nicht schlecht, dass man sich einigt und sich auch späterhin noch mit Anstand begegnen kann. Geschieden gingen wir aus dem Gericht und in eine in unmittelbarer Nähe liegende Gaststätte zum Mittagessen. Die Richterin betrat ebenfalls die Gaststätte, sah uns und konnte sich die Bemerkung, dass sie mit der Behauptung, der Absprache zwischen uns, Recht hatte, nicht verkneifen. Wir fanden es jedenfalls im Augenblick gut so. Zu Streitigkeiten kam es nachher noch genügend, aber das ging im Prinzip keinen etwas an.

Für mich begannen jetzt so einige Schwierigkeiten. Ich hatte während meiner Ehe nicht gearbeitet. Hatte kunstgewerbliche Objekte hergestellt und auch auf Grundlage meines Berufes, Damenmaßschneiderei, so etwas, wie man sagte, nebenbei gearbeitet. Nun war aber inzwischen die Mauer gebaut und dadurch alle, die in Westberlin gearbeitet hatten, arbeitslos. Der Mauerbau war im Sommer, meine Scheidung im Dezember, sodass alle freien Stellen besetzt waren. Eines Tages stand dann ein Mitarbeiter des Rates der Gemeinde vor meiner Tür und fragte wovon ich mit meinen zwei großen Hunden eigentlich lebte. Da ich eine Wohnung im Hause meines Bruders hatte, glaubte er mir, dass ich keine Miete zahlen musste und dass ich auch von meinen Eltern unterstützt würde. Beides war zwar nicht der Fall, denn sowohl meine Eltern und auch mein Bruder hatten etwas gegen meine Ehe gehabt und ehe ich deshalb um Hilfe gebeten hätte, wäre ich lieber verhungert. Dazu kam, dass mein Bruder sowieso chronisch geizig war und auf die Mieteinnahmen nie verzichtet hätte. Also musste eine ordentliche Arbeit her.

Nun ja, jeder Mensch im sozialistischen Staat hatte nicht nur die Pflicht zur Arbeit, sondern auch ein Recht darauf. Also ging ich zum Rat der Gemeinde und bat um Vermittlung einer Arbeitsstelle. Der Hohn des Bearbeiters war nicht zu überhören, dass es nur recht ist, wenn es denen, die vorher im Westen gearbeitet haben, jetzt schlecht geht und sie um Arbeit betteln müssten. Empört wies ich den nicht beweisbaren Vorwurf zurück und auch das Angebot mich als Reinigungskraft zu bewähren. Schließlich hatte auch jeder DDR-Bürger das Recht auf eine Arbeit, bei der eine weitere Qualifizierung möglich ist. Meine wütende Reaktion und meine, noch aus dem Politunterricht der Berufsschule stammende Rechtskenntnis verhalfen mir dann zu einem Aufschub für eine Woche.

Nach einer Woche erhielt ich dann die Zusage auf eine Anstellung beim Rat der Gemeinde, wenn der stellvertretende Bürgermeister sein Jawort geben würde. Mit einem Bekannten ging ich dann abends in ein Lokal. Ganz nüchtern haben wir die Gastlichkeit nicht verlassen. Ich, mit der Sorge, dass man das beim Vorstellungsgespräch am nächsten Vormittag noch bemerken könnte. Meine Sorge war jedoch unbegründet. Den stellvertretenden Bürgermeister hatte ich schon am Vorabend in der Gaststätte gesehen. Total betrunken. Ob er mich überhaupt auf der anderen Seite seines Schreibtisches richtig wahrnehmen konnte, habe ich stark bezweifelt. Der Einfachheit halber sagte er nur, dass ich die Stelle beim Rat der Gemeinde erhalte. Mein künftiger Arbeitsplatz wäre die Wohnraumlenkung. Das war wirklich die unbeliebteste Stelle der Gemeinde. Na ja – erst mal sehen – ran kommen lassen und zur Not kann man ja auch wieder aufhören.

Nun ging mein Arbeitsleben los. Mit null Ahnung und mulmigem Gefühl im Magen. Als erstes wurde ich der Vorsitzenden der Wohnungskommission vorgestellt. Die war kurz vor dem Rentenalter, aus Sachsen stammend, kurze graue Haare, die kraus gelockt nach allen Seiten abstanden und hatte fast immer einen, meist zweideutigen, Witz auf Lager. Natürlich Sozialistin pur. Sie stellte mich dann als die Neue den beiden Mitarbeitern der Wohnraumlenkung vor. Die Eine war vielleicht Anfang dreißig, dezent, beinahe elegant gekleidet, alleinstehend. Unnahbar. Die Andere – das glatte Gegenteil. Ende dreißig, etwas füllig, die Kleidung unordentlich und nicht gerade sauber, sechs Kinder, Sozialistin pur. Das Mobiliar des Büros würde man heute nur noch als Sperrmüll bezeichnen. Immerhin bekam ich einen Schreibtisch zugewiesen.

Erste Arbeit. Aktenordner durchsehen. Ich weiß bis heute noch nicht warum. Nach einem Viertel der Ordner wusste ich aber eins. Die Aktenordnung war einfach unsinnig. Nach Datum des Antragseingangs. Von einigen Antragstellern gab es mehrere Anträge, die dann wieder in den neuen Zeitraum eingeordnet waren. Wohnungsanträge liefen damals im Durchschnitt fünf Jahre. Wer nun meint, dass Antragsteller noch genau des Datum ihres Antrages wissen, der irrt in den meisten Fällen. Die Sucherei war einfach unsagbar, warf ein schlechtes Licht auf die Wohnraumlenkung und sorgte für eine ständige Diskriminierung und Anfeindung der Mitarbeiter. Die hatten eigentlich schon genug durch die Entscheidungen der Wohnraumlenkung, die ja nach "sozialistischen Maßstäben" erfolgten, zu leiden.

Ich überlegte, wie man das ändern könnte. Als Neuling, der ja eh keine Ahnung hat, nicht ganz einfach. Da kam mir ein Zufall zu Hilfe. Da wir in der Abteilung nun zu dritt waren, kam unser politisch einwandfreies "Schmuddelkind" auf eine Idee. Sie schlug vor, ihr die Leitung der Abteilung zu übertragen. Natürlich mit Gehaltsaufbesserung. Zu dieser Zeit war der Entscheidungsträger, der Bürgermeister, krank und das Amt wurde von Toni Stemmler, einer gestandenen Widerstanskämpferin, ausgeübt. Die zitierte mich in ihr Büro. Von Toni Stemmler hatte ich schon viel gehört, aber nun stand ich etwas betreten vor ihr, denn ich konnte mir beim besten Willen nicht vorstellen was sie von mir wollte.

Sie war ja wirklich eine imposante Erscheinung. Groß, grauhaarig, mit einer tiefen Stimme. Sie sollte über den Antrag von unserer Kollegin entscheiden. Da ich nun neu in der Abteilung war, fragte sie mich ob ich ihr neutral meine Meinung dazu sagen könnte. Erst einmal eierte ich natürlich kräftig rum. Das merkte Toni Stemmler und sagte, dass ich keine Hemmungen haben sollte, sondern einfach meinen Eindruck von der Arbeit der beiden Kolleginnen schildern sollte. Nun war und ist es sowieso nicht meine Sache um den heißen Brei zu gehen und so tat ich meine Meinung kund. "Schmuddelkind" war zwar politisch einwandfrei, doch weder im Aussehen noch im Verhalten und im Umgang mit den Antragstellern eine Persönlichkeit, in der man eine Abteilungsleiterin sehen könnte. Die Andere hatte ein einwandfreies Benehmen, ruhig und bestimmt. Immer korrekt gekleidet. Über ihre politische Einstellung war mir nichts bekannt. Hausieren ging sie jedenfalls nicht damit. Zumal ich ja unpolitisch war und zu diesen Kreisen sowieso keinen Zugang hatte. Toni Stemmler wünschte mir viel Glück bei meiner Arbeit und ich nutzte gleich die Gelegenheit eine Umgestaltung der Ablage anzuregen. Das Ganze war mein erster Arbeitserfolg. "Schmuddelkind" bekam nicht die Abteilungsleitung, sondern die andere Kollegin und ich den Auftrag zur Neuordnung der Ablage.

Mit Fug und Recht kann ich behaupten, dass ich eine gute Arbeit geleistet habe. Die Suchzeit nach den Wohnungsanträgen hat sich wesentlich verkürzt und wir konnten sogar unsere Wohnungskartei auf den neuesten Stand bringen. Unverständlich war meinen Kollegen allerdings, dass ich allen Versuchen mich zum Eintritt in die SED zu überreden, widerstanden habe. Schließlich hätte mir das sogar eine Leistungszulage zu meinem mickrigen Gehalt gebracht. Nur in die Gewerkschaft, den FDGB, bin ich eingetreten. Nach dem Studium der Satzungen fand ich, dass man da sogar einiges durchsetzen konnte. Wie zum

Beispiel: Zeitausgleich für abendliche Sitzungen und für die Abendsprechstunden. Für mich gab es dann erst einmal den Aufstieg. Die Leiterin wurde langfristig krank und ich bekam den Hut übergestülpt. Das war eine seltsame Sache. Da parteilos durfte ich, obwohl Leiterin, nicht an den entscheidenden Sitzungen teilnehmen. Meine Stärke war aber, dass ich die Wohnungskommission, sie bestand aus jeweils einem Vertreter der im Gebiet ansässigen Werke, hinter mir hatte. So konnte ich einigen Wohnungssuchenden, entgegen den Parteirichtlinien helfen. Inzwischen lernte ich den vierten Bürgermeister kennen. Da ich insgesamt nicht einmal ganz drei Jahre beim Rat der Gemeinde gearbeitet habe, immerhin ganz schön heftig. Der letzte war ein Import aus Westdeutschland. Er übertraf in Linientreue alle Vorgänger. Er wollte so einiges durchsetzen, was mit Menschlichkeit und nicht einmal mit den sozialistischen Gesetzen vereinbar war. So sollten alte Menschen, die mit über siebzig Jahren eigentlich nicht mehr aus ihren Wohnungen umgesetzt werden durften, mit List und Tücke und mit Hilfe der Bauaufsicht in kleinere Wohnungen zwangsweise verbracht werden. Es sollten die Häuser für Parteigenossen freigemacht werden. Wie das so lief zeigt folgendes Beispiel: Es gibt in Kleinmachnow kleine Einfamilienhäuser, zwei Zimmer und zwei halbe Zimmer, Küche und Bad. Solch eines war durch die Republikflucht der Besitzer frei geworden und ein Ehepaar mit vier kleinen Kindern, zwei Jungen und zwei Mädchen, die noch in zwei Zimmern mit Notküche wohnten, hatten einen Antrag auf Zuweisung des Hauses gestellt. Der Vorsitzende der Nationalen Front in Kleinmachnow, verheiratet und ein Säugling, im Besitz einer großen Zweizimmerwohnung, wollte das Haus ebenfalls haben. Die Wohnungskommission entschied für die Familie mit den vier Kindern. Der Vorsitzende der Nationalen Front legte gegen diese Entscheidung Einspruch beim Bürgermeister ein. Hatte Erfolg und ich sollte die Einweisung ausschreiben. Da ich das einfach nicht konnte, denn mein Gewissen hatte ich nicht beim Pförtner abgegeben, hatte ich binnen kurzer Zeit drei Disziplinarverfahren am Hals. Arbeitsverweigerung. Die Einweisung habe ich trotzdem nicht unterschrieben und wenigstens mein gutes Gewissen behalten. Da ich inzwischen wieder geheiratet hatte, konnte ich es mir leisten meine Arbeitsstelle aufs Spiel zu setzen. Allerdings muss ich sagen, ich hätte es in jedem Fall getan. Einen nervlich bedingten Kreislaufanfall nutzte ich dann aus, um meinerseits aus gesundheitlichen Gründen zu kündigen. Das war notwendig, um eine andere Arbeitsstelle zu bekommen. Denn es gab damals die staatliche Weisung, dass keine Mitarbeiter des Staatsapparates eingestellt werden durften.

Nachdem ich mich so zwei Monate erholt hatte, erhielt ich durch die Vermittlung einer Sportfreundin eine Anstellung bei der Landwirtschaftsbank (damals Bauernbank) in Potsdam. Das war wieder einmal völliges Neuland für mich. Nachdem ich alle Sektoren der Bank, angefangen mit dem Bereich Statistik, Schalterdienst, Zahlung und Rechnung, Investitionen, die gesamte Ökonomie durchlaufen hatte, habe ich dann den Bereich der volkseigenen Güter als Betriebsbearbeiter zugewiesen bekommen. Ein weites Feld, wenn man von Landwirtschaft, außer Gartenbau am Eigenheim, keine Ahnung von der Materie hat. Da musste mein Mann helfen. Während der Kriegsjahre in Pommern bei den Großeltern auf dem Lande gewesen, hat er mir die grundsätzlichsten Dinge erklärt. Wir sind mit unserem Trabi übers Land gefahren und er hat mich ganz schön mit Fachfragen gequält. Hat mir alles eine gute Grundlage gegeben, vor allem, da meine Kenntnisse nicht politisch, sondern von der praktischen Seite waren. Überhaupt muss man sagen, dass die Arbeit bei der Landwirtschaftsbank, bis auf die staatlich vorgeschriebene Parteigruppe, eigentlich relativ unpolitisch war.

Privat ging leider nicht alles glatt. Wir wohnten ja im Haus meines Bruders. Der hatte inzwischen Familie (vier Personen) zwei Zimmer, ganz kleine Küche und Bad. Was lag also näher als seine Schwester mit Mann aus dem Haus zu bekommen. Eigenbedarf. Wurde auch von der Gemeinde befürwortet, zumal er auch eine Buchdruckerei betrieb und ihm dafür auch noch ein Büroraum zustand. Mit meiner Gesundheit stand es auch nicht zum Besten. Eileiterschwangerschaft, danach ein bösartiger Tumor an der Gebärmutter. Mit Operation entfernt und geheilt. Die Vorbereitung zur Finanzfachschule musste ich deshalb abbrechen. Nach Gesundung wieder zur Schule. Ach so - Fahrschule habe ich auch gemacht und die Prüfung bestanden. Gesamt gesehen, hatte ich eigentlich sehr gute Chancen bei der Bank.

Es kam dann aber doch alles wieder einmal anders, sodass meine Zeit bei der Bank nur vier Jahre gedauert hat. Mir wurde ständig schlecht. Alle sagten, kein Wunder. Überarbeitet mit Beruf und Ausbau eines maroden Wochenendhauses zum Wohnhaus (alles in Eigenleistung). Morgens um fünf Uhr aufstehen, vor Mitternacht nicht zum Schlafen kommen, also Schwäche ganz normal. So normal war's aber in keiner Weise. Mein Gynäkologe, zu dem ich immer zur Kontrolluntersuchung musste, wollte es auch nicht glauben und schimpfte mit mir, dass ich nun auch noch hysterisch sei. Doch dann war er ganz außer sich, ob des Wunders. Eileiterschwangerschaft. Gebärmutterkrebs, und nun eine ganz normale Schwangerschaft. So etwas hatte er in seiner ganzen medizinischen Laufbahn und er stand kurz vor dem Rentenalter, noch nicht erlebt. Er war regelrecht außer sich und beschwor mich, ja alle Untersuchungen wahrzunehmen. Habe ich auch gemacht und wir bekamen einen kräftigen Jungen. Die Bank bot mir an, dass ich nach dem Babyjahr verkürzt und zum Teil von zu Haus aus arbeiten könnte, doch ich habe abgelehnt. Erstens wollte ich im Betrieb keine Extrawurst, denn damit ist alle Kollegialität im Eimer.

Vor allem wollte ich aber doch für meinen kleinen Sohn da sein. Immerhin haben wir lange genug auf ihn gewartet. Ich hatte es ja sogar schriftlich, keine Kinder bekommen zu können. Nun wollte ich sein Wachsen erleben. Also zurück zum ersten Beruf und die Nadel geschwungen. Hatte auch bald einen guten Kundenstamm. Unser Garten war inzwischen auch aus einer Wildnis zur Obst- und Gemüseplantage umgewandelt. So konnten wir zwar knapp, aber doch ganz gut leben. Unser Einsatz, aus dem Wochenendhaus ein kleines Wohnhaus zu machen, hatte sich gelohnt. Geld hatten wir zwar kaum, aber ein gutes Stück Natur und wir waren eine glückliche kleine Familie.

Unser Leben - in und mit der DDR

Kleinmachnow – eine der größten Gemeinden in der DDR. Dazu noch unmittelbar an der Grenze zu Westberlin. Vor dem Bau der Mauer der beliebteste Durchgangsort zum "Goldenen Westen". Von vielen Jungingenieuren genutzt. In Kleinmachnow war nämlich die SED Partei-schule. Als guter Genosse dort im Internat – eine S-Bahnfahrkarte gekauft und schon war man in Westberlin. Von den Kleinmachnower "Ureinwoh-nern", die gab es auch noch, wurden die meist aus Sachsen stammenden Parteischüler deshalb als die "fünfte Besatzungsmacht" bezeichnet. Insgesamt hatte Kleinmachnow ca. achtzehntau-send Einwohner. Während die Neubürger in jeder Beziehung bevorzugt wurden, hatten die Altein-gesessenen kaum Wohnraum, da auch meistens nicht parteigetreu, keinerlei Vorteile.

Unserer Familie ging es eigentlich, den allge-meinen Verhältnissen entsprechend, ganz gut.

Meine Eltern hatten noch ihr kleines Einfamilienhaus. Da es wenig Material gab, war es zwar nicht gerade im besten Zustand aber immerhin besser als nichts. Als Handwerksmeister war mein Vater mit seinem kleinen Einmannbetrieb ein Kleinmachnower Original geworden. Mein älterer Bruder bewohnte das Haus meiner verstorbenen Großeltern. Konnte sich dort eine Druckerei aufbauen. Er schaffte es bis zum Innungsmeister. Na und wir hatten uns ja ein Wochenendhaus ausgebaut, waren zwar total pleite, konnten aber unserem kleinen Sohn mit Haus und Garten eine schöne Kindheit bieten. Für uns war die Grundlage unseres Lebens der Zusammenhalt der Familie.

Nach den heutigen Maßstäben waren wir zwar arm, denn Urlaubsreisen waren Fremdworte und auch in Bezug auf Kleidung und Spielzeug war auch kein Überfluss zu verzeichnen, aber wir hatten uns. Unser Garten war ja groß und für alle Kinder der Straße der ideale Spielplatz. Die Gärten der meisten Hausbewohner unserer Straße waren ja super gepflegt, der Rasen zur Zierde da. Bei uns gab es Naturwiese und Kletterbäume. So war unser Kleiner der beliebteste Spielkamerad, zumal er stets tolle Ideen zur abenteuerlichen Spielgestaltung hatte. Einige dieser frühkindlichen Freundschaften bestehen noch bis heute.

Einen großen Raum in unserem Leben nahm der Hundesport ein. Durch einen Zufall waren wir vor Jahren, wie man so sagt, auf den Hund gekommen. Jetzt war ein Riesenschnauzer der Mitbewohner von Haus und Garten. Allerdings gab es da für uns nur die Zwingerhaltung. Heute als Tierquälerei verpönt, ist es in meinen Augen immer noch in jeder Hinsicht eine tiergerechte Haltung, wenn wie bei uns der Zwinger eine Größe von ca. einundzwanzig Quadratmeter beträgt, eine doppelwandige Hütte, die in einem Holzhaus steht, hat. Vor dem Holzhaus eine Liegefläche aus Bohlen, ansonsten Sand.

Also alles möglich. Sich in der Hütte auf einer Matratze einkuscheln, Löcher buddeln oder mal auf der Liegefläche die Umgebung beobachten. Wenn wir zu Hause waren und keine fremden Kinder zum Spielen bei unserem Sohn waren, gehörte der ganze Garten und auch das Haus zum Bereich unseres Hundes. Sohn und Hund waren

auch die besten Freunde. Wobei wir nie verga-
ßen, das ein Hund, egal welcher Rasse, eine un-
berechenbare Größe für ein Kleinkind bedeutet.

Der Hundeport gliederte sich in der DDR in zwei
Bereiche. Beide waren dem VKSK (Verband der
Kleingärtner, Siedler und Kleintierzüchter) als
Aufsichtsorgan unterstellt. Die Sektion Dienst-
und Gebrauchshunde umfasste alle als Dienst-
hunde geführten Rassen. Dazu gehörte auch
unser Riesenschnauzer. Mein Mann und ich
haben uns im Hundesport kennengelernt. Der
Hundesport war eigentlich unser Lebensinhalt.
Mein Mann war einer der aktivsten Ausbilder
und ich habe mich bis zur Vorsitzenden unserer
"Grundorganisation" hochgearbeitet. Von 1965
bis 2010, also über die Wende hinaus habe ich das
Geschehen im Hundesport mitbestimmt. Unser
Sohn wuchs mit dem Hundesport auf. Schon im
Kinderwagen stand er auf dem Übungsplatz. Als
wir auch auf dem Gebiet der Zucht tätig wurden,
versorgte er nach der Schule unsere Welpen. Wir
konnten uns immer auf ihn verlassen. Er wuchs
so in die Übernahme von Verantwortung hin-
ein. Nach der Wende absolvierte er alle notwen-
digen Kurse zum Abrichtwart und leitete so die

Geschicke des Boxerklubs Kleinmachnow über einige Jahre mit.

Der Hundesport hatte, was kaum bekannt war, in der DDR eine besondere Stellung. Es war wohl angedacht, die Ausbildung der Schutzhunde mit der Einrichtung der Sektion Dienst und Gebrauchshunde (SDG) zu fördern, um die Bereiche der Polizei und der Grenze zu unterstützen. Die Prüfungen für Schutz- und Fährtenhunde entsprach in vielen Teilen den Grundlagen der Schulung der Polizeihunde. So war die SDG eine staatlich anerkannte Einrichtung. Bekannterweise sollten ja alle Bürger einer Organisation angehören. Ansonsten gab es Schwierigkeiten im Berufsleben. SED war ja angestrebt, doch auch jede andere anerkannte Organisation zählte. Da die Hundesportler ihre Tiere und die Natur, in der sie die meiste Freizeit mit ihnen verbrachten, liebten, blieb die Parteiarbeit außen vor. So waren dann viele Mitglieder zwar gesellschaftlich, wie es so hieß, organisiert aber parteilos. Darüber hinaus war der Hundesport auch für einige, doch recht hoch angebundene Armeeangehörige, so etwas wie die Insel der Glückseligen. Hier konnten sie sich in der Gemeinschaft ungestraft völlig unpolitisch auch mal daneben benehmen. Einmal hatten wir allerdings einen Superparteigenossen. Dem fiel auf, dass es ja bei uns gar keine Parteigruppe gab. Also gründete er eine. Fünf Sportfreunde fand er dazu. Mit denen hat er sich dann beraten. Wir anderen gingen so lange mit unserer Hunden üben. Vor allem Schutzdienst. Der Schutzdienst war für Hunde und Herrchen immer das größte Vergnügen. Nun ja, zwei mal gab es eine Parteigruppensitzung. Dann hatten alle die Nase voll und unser guter Genosse saß allein da. Er hat sich dann entschieden lieber parteilos mitzumachen. Ist im übrigen ein ganz prima Hundesportler geworden. Einen Unbelehrbaren hatten wir allerdings auch. Ein Ortspolizist. Ein bisschen zu klein geraten und nicht sehr helle. Auf den trafen alle Polizistenwitze zu. Sogar seine Frau sagte einmal: Wussten Sie denn nicht, mein Mann ist eben ein bisschen doof. Der wollte sich wohl mal profilieren. Das ging für meinen Mann beinahe schlecht aus. Wir hatten in einer Gaststätte eine Leitungssitzung. Nach der Abarbeitung kam der gemütliche Teil. Na ja, ein Bier und ein Kurzer und das fortlaufend. Wir waren mit dem Auto da und so ließ ich mir von meinem Mann den Autoschlüssel geben. Na klar, nimm ihn dir aus meiner Jackentasche. Damit ich gut an die Tasche kam, hob er den rechten Arm etwas an und ich nahm den Schlüssel aus der Tasche. Unser kleiner Gernegroß sah dies und da er sich gerade mit einem anderen Sportfreund über die Nazizeit unterhielt, kam er auf die Idee, dass mein Mann dazu den Hitlergruß gezeigt hat. Parteigetreu zeigte er meinen Mann an. Wir waren alle wie vom Donner gerührt. Bei meinem Mann fehlte in der Erinnerung der gemütliche Teil. Ich musste allerdings auch überlegen wie es zu dieser Behauptung kam, denn auf so eine Wertung der Schlüsselübernahme bin ich nie gekommen. Beeindruckend war, was in den nächsten Tagen geschah. Alle Sportfreunde die Rang und Namen hatten, ein Polizist, ein Oberleutnant der Armee, unser Parteigruppenbilder, ein Oberarzt des Kreiskrankenhauses und noch einige haben uns zu Hause aufgesucht, um uns mitzuteilen, dass sie jederzeit bereit wären, meinem Mann einen guten Leumund zu geben. Fazit der Angelegenheit: Mein Mann wurde nicht einmal mehr befragt. Unser Gernegroß wurde zum Objektwachdienst versetzt. Ein anderes Mal geriet der Vorsitzende unserer größten Grundorganisation in die Bredouille. Wir, unsere Leitung, waren zur

Silvesterfeier in der größten Grundorganisation eingeladen. Die Stimmung war ausgelassen, das neue Jahr zünftig begossen. Zum Erschrecken des Vorsitzenden kräftig Boogie getanzt. War ja schließlich in öffentlichen Einrichtungen verboten. Er forderte die Kapelle auf, mal was anderes, was Flottes zu spielen. Darauf kamen dann alte Kamellen und wir zogen alle in Form einer Polonaise durch das Klubheim unter dem Abgesang: Wir wollen unsern alten Kaiser Wilhelm wieder haben - aber den mit dem Bart - aber den mit dem Bart! Da gab es dann Entsetzen pur. Überlebt haben es die Sportfreunde wohl alle. Weiß ich aber nicht wie, denn inzwischen war der Sportfreund, der uns mit seinem PKW abholte, angekommen und wir haben die Feier verlassen.

Grundlage für die Ausführung unseres Sportes ist natürlich wie überall die Arbeit im Beruf. Denn, wenn auch die Löhne und Gehälter in der DDR nicht gerade üppig waren, Geld brauchte man doch zum Leben und auch der Hundesport war nicht kostenlos.

Das Arbeitsleben war in den Betrieben nicht ganz einfach und für heutige Vorstellungen einfach unmöglich. Die technische Ausrüstung oft mehr als mangelhaft. Hebetechnik wurde durch das "Viermann – Vierecken – Prinzip" ersetzt. Asbest ohne Atemmasken verarbeitet und noch vieles mehr. Ersetzt wurden diese Lücken durch kollektive Zusammenarbeit. Doch leider brachte auch dies gesundheitliche Schäden. Denn, wo mehrere Kumpel zusammenarbeiten und das auch noch ohne ausreichende Belüftungsanlagen, bekommt man schließlich Durst. Aber natürlich nicht auf Wasser. Einige Prozente musste die Erfrischung schon haben. Konkret gesagt, ich glaube es wurde nirgends so viel Alkohol konsumiert, wie in den Betrieben der DDR. Fazit: Viele Kollegen meines Mannes haben, genau wie er, das siebzigste Lebensjahr nicht erreicht.

Als unser Sohn in die Schule kam, habe ich 1975 wieder angefangen zu arbeiten. Erst einmal Teilzeit, denn es stellte sich heraus, dass die Schule zu unserem Problem Nummer eins wurde. Durch Vermittlung konnte ich in der Verwaltung des Gesundheitswesens anfangen. Die erste Zeit war nicht einfach. Ich kam in eine fest gefügte Gruppe, Verzeihung in ein gut zusammenarbeitendes Kollektiv, das eigentlich keinen Zuwachs brauchte. Ich bekam einen Schreibtisch, bei dem die Beine abmontiert waren, weil vor mir daran eine kleinere Person gearbeitet hatte. Ich mit meiner einmetersiebzig Körpergröße und den entsprechend langen Beinen, hatte so einige Schwierigkeiten. Mein Rücken rächte sich auch nach einiger Zeit mit Hexenschuss und anderen Beschwerden.

Dazu Arbeit – langweilig wie man es sich gar nicht vorstellen kann. Dutzende Ordner musste ich durchsehen und kontrollieren, ob auf den Anweisungen auch alle Unterschriften vorhanden waren. Ich war schon drauf und dran, alles hinzuschmeißen, als sich alles schlagartig änderte. Der Verwaltungsleiter rief zum Gespräch und erläuterte kurz und knapp, dass ich ab dem kommenden Ersten, Leiter der Finanzabteilung bin. Bis dahin, es war eine Woche, habe ich mich mit den Belangen der Abteilung vertraut zu machen. Schreck lass nach! Null Ahnung von der Struktur des Gesundheitswesens und nun Leiterin der Finanzen. Die Abteilung Finanzen bestand aus sechs Kollegen: Die Leiterin, eine Dame kurz vor dem Rentenalter, eine Lohnbuchhalterin, eine Kassiererin, drei Sachbearbeiter. Ein älterer Herr, schon einige Jahre im Rentenalter, eine sehr temperamentvolle Kollegin, und dann ich als Neuling.

Der Verwaltungsleiter hatte mal eben, weil er in der Materialwirtschaft noch eine Stelle besetzen musste, alles umstrukturiert. Die Kassiererin kam in die Wirtschaftsabteilung, die Exleiterin übernahm die Kasse. So waren wir Finanzer noch fünf Kollegen. Also ran an die Arbeit. Erst einmal einen Fragenkatalog aufgestellt und damit ab zum Verwaltungsleiter, um aufgetretene Fragen zu klären. Der zog sich elegant aus der Affäre, indem er mich an meine Vorgängerin verwies. Diese wiederum meinte dafür nicht zuständig zu sein, denn die Einweisung wäre die Angelegenheit des Verwaltungsleiters. Packte ihre Sachen und verschwand in die Kasse, die ihr neuer Bereich war. Ich stand kurz vor einer Explosion und wohl um diese zu vermeiden, tröstete mich unser alter Kollege, dass nichts so heiß gegessen wird, wie es gekocht ist und ich sollte mich doch erst einmal darüber freuen, an meinem neuen Schreibtisch endlich gerade sitzen zu können. Und vor allen Dingen wäre die Gehaltserhöhung ja auch nicht zu verachten.

Unterstützung bekam ich von ganz unerwarteter Seite. Ein Arzt, stellvertretender ärztlicher Direktor, der seine Spesenabrechnung erledigen wollte, erläuterte mir, dass sowieso im Augenblick keiner so richtig Bescheid weiß, wie die Entwicklung des örtlichen Gesundheitswesens weitergeht. Geplant sei, dass das Gesundheitswesen der drei Orte Teltow, Stahnsdorf und Kleinmachnow unter einer Verwaltung zusammengefasst werden soll. Dazu soll in Teltow eine große Poliklinik erbaut werden. Es wäre natürlich notwendig, dass auch die Verwaltungen entsprechend neu strukturiert werden. Es musste der territorialen Entwicklung der Bereiche Rechnung getragen werden, denn durch die Ansiedlung der Industrie konnte die ärztliche Versorgung, der dadurch angewachsenen Bevölkerungszahl, nicht mehr gewährleistet werden. Dazu kam noch, dass Ärzte oft die Teilnahme an Kongressen im Ausland nutzten, um nicht mehr in die DDR zurückzukehren. Darüber kam oft Empörung auf, da die Mediziner im Verhältnis super bezahlt wurden und es auch noch viele zusätzliche Förderungen gab, von denen andere Bürger nicht mal zu träumen wagten. Empörung gab es auch darüber, dass sie ihre Patienten, die ihnen vertrauten, einfach im

Stich gelassen hatten. Immerhin hieß es, dass der Arztberuf nicht nur die Möglichkeit des Geldverdienens ist, sondern Berufung im Sinne der Heilung ihrer Patienten.

Es gab also für mich große neue Anforderungen. Die wurden kontinuierlich immer größer. Der Verwaltungsleiter, mein Chef kam auf die Idee die Kolleginnen der Verwaltung zu fördern. Da auch meine Qualifikation den neuen Anforderungen nicht gerecht wurde, war ich auch dabei. Zielstellung: Wirtschaftskaufmann. Anmeldung in der Fachschule des Konsum.

Wir vier Auserwählten also hin. Na ja – die Direktorin der Fachschule war nicht begeistert und schlug uns vor, doch lieber einen Lehrgang zur Sachbearbeiterin zu belegen. Dieser würde im Gegensatz zur Erlangung des Abschlusses als Wirtschaftskaufmann, der drei Jahre dauerte, uns schon nach einem Jahr eine gute Stellung bringen. Wir waren begeistert von dem Gedanken, unsere mickrigen Gehälter schneller aufzubessern. Unser Chef sagte jedoch nein. Seine Begründung war weitblickend. Ob immer Sachbearbeiter, wie in unserem Staat gebraucht werden, ist nicht gewiss. Wirtschaftskaufleute werden aber bestimmt immer eine Zukunft haben. Von uns drei Kolleginnen habe ich es als Einzigste und das als eine der Besten geschafft und war nun mit Zweitberuf Wirtschaftskaufmann. Die Direktorin der Schule vermittelte mir auch den Zugang zur Finanzfachschule, obwohl ich nur den Abschluss der Grundschule hatte.

Da mein Sohn jedoch Schwierigkeiten in der Schule bekam, habe ich das Angebot nicht angenommen. Mir war meine Familie wichtiger. Interessant war für mich eine Unterhaltung mit der Direktorin, in der sie mir erzählte, warum sie unsere Teilnahme eigentlich nicht wollte. Vor uns hatte eine Kollegin aus unserer Verwaltung die Schule besucht. Allerdings mit mäßigem Erfolg. Wenn es dann zu Differenzen kam, stand am nächsten Tag ihr Mann auf der Matte, und verhalf seiner Frau im Namen von Partei und Regierung zum Erfolg und letztendlich zum Berufsabschluss. Mit meiner Teilnahme hatte ich – also ganz ungewollt – den guten Ruf der Verwaltung des Gesundheitswesens wieder hergestellt.

Nun war ich also Wirtschaftskaufmann. Damals

sagte man noch nicht Kauffrau. Mein Traum, in der Modebranche zu arbeiten, ich hatte immerhin mit neunzehn Jahren die Aufnahmeprüfung bei der Meisterschule für das Kunsthandwerk in Berlin (West) bestanden, war zwar nicht in Erfüllung gegangen, aber ich hatte mir nun doch eine gute Berufsgrundlage geschaffen.

Im Gesundheitswesen stand uns auch Großes bevor. Der Bau der Poliklinik in Teltow, der der Entwicklung auch im Bereich der Verwaltung den gewachsenen Anforderungen im Rahmen des Zusammenschlusses der drei Orte Rechnung tragen sollte, ging nach vielen Verzögerungen dem Abschluss entgegen. Trotz aller Widrigkeiten war es endlich so soweit.

Heute kann man sich manches nicht vorstellen. Ausrüstungen, die freitags angebaut worden sind, waren am Montag schon geklaut. Zur Bauabnahme konnte die vorgesehene Wasserversorgung nicht angeschlossen werden. Nun man weiß sich zu helfen. Die Bauwasserversorgung wurde angeschlossen. Fiel gar nicht auf. Was zählte, war der erfolgreiche Abschluss. Nun waren die Kolleginnen des Gesundheitswesens gefragt.

Krankenschwestern und auch die Verwaltungs-angestellten übernahmen die Ausgestaltung, wie das Anbringen der Gardinen und das Einräumen der Geräte in Eigenleistung. Allerdings konnten sie auch manches doppelt erledigen, denn dass die Gardinen am nächsten Tag noch da waren, war keinesfalls sicher. Auch da wurde geklaut, was das Zeug hielt. Von dieser Phase blieb ich jedoch verschont. Meine Gesundheit machte mir einen Strich durch die Rechnung. Schilddrü-senoperation. Bei der Voruntersuchung wurden dann noch Knoten in der Brust festgestellt, die zuerst entfernt wurden. Dadurch war mein Kran-kenhausaufenthalt wesentlich länger. Als ich endlich, wieder genesen, meine Arbeit aufneh-men konnte, war der Umzug in die neuen Räume bereits abgeschlossen. Meine Kolleginnen stink-sauer, denn ich hatte vor meiner Krankheit noch festgelegt, dass wir die Büros auf der Nordseite des Neubaues beziehen werden. Ohne Sonne - wie gemein. Als der Sommer vorbei war, waren alle wieder glücklich. Auf der Südseite betrugen die Mittagstemperaturen im besten Falle so um die dreißig Grad und mehr. Die dort arbeitenden Kollegen kamen dann in unsere Räume, um sich von der Hitze zu erholen.

Von der Bevölkerung wurde die Einrichtung gut angenommen, denn es gab viele Erleichterungen. Es waren alle medizinischen Fachbereiche unter einem Dach und daher für die Patienten gut zu erreichen. Die Großbetriebe, die im Bereich angesiedelt waren, hatten allerdings ihr eigenes Gesundheitswesen. Betriebsgesundheitswesen genannt. Einzelpraxen gab es ebenfalls. Die Zusammenarbeit stand immer im Vordergrund, sodass die medizinische Versorgung der Bevölkerung weitgehend abgesichert war.

Sport und Spiel kamen auch nicht zu kurz. Betriebsfeiern und Ausflüge waren Höhepunkte. Sportliche Betätigung wurde unterstützt, indem man zu den Veranstaltungen von der Arbeit freigestellt wurde. Die Mitgliedschaft in Sportorganisationen war allen möglich, da die Mitgliedsbeiträge gering waren und auch die Großbetriebe materiell und auch finanziell die Sportgruppen unterstützten. Viele Freundschaften, die in dieser Zeit entstanden sind, bestehen bis heute.

Es war allerdings nicht immer einfach, denn die Partei versuchte alle zu guten Genossen zu erziehen. Mitunter auch durch die Hintertür, denn die Parteizugehörigkeit hatte ihre Vorzüge. Es ging aber auch ohne. War allerdings schwieriger. Man musste die Gesetze kennen, um sie zum eigenen Nutzen einzusetzen. Auch musste man fachlich besser sein als die Genossen. Ich war seit Beginn meines Berufslebens in der Gewerkschaft, denn irgendwo musste man organisiert sein. Es machte mir auch irgendwie Spaß, so einige Genossen mit den eigenen Waffen zu schlagen. So gelang es mir, Einfluss auf die Verteilung der Ferienplätze, die vom FDGB verteilt wurden, zu nehmen, sodass Familien in den Genuss eines Ostseeplatzes kamen, die nie daran geglaubt hatten. Es gelang mir jedenfalls, dem Vertrauen der Kollegen gerecht zu werden. Als ich dann zur Vorsitzenden der Betriebsgewerkschaftsleitung gewählt wurde, kam der Protest der übergeordneten Kreisparteileitung und der FDGB-Kreisleitung. Das wäre nur möglich, wenn ich in die SED eintreten würde. Brauchte ich aber nicht, hätte ich auch nicht gemacht. Unsere ärztliche Direktorin bewies, dass lt. Wahlordnung zur Betriebsgewerkschaftsleitung keine Zugehörigkeit zu irgendeiner Partei erforderlich war. So war ich wohl in der ganzen Gegend die einzigste parteilose BGL-Vorsitzende.

Rückblickend muss ich sagen, dass meine Beschäftigung beim Gesundheitswesen für mich ein Glücksfall war. Es war eine große Anforderung an der regionalen Neugestaltung mitzuarbeiten. Eigenes Denken war gefragt, um die leider auch oft vorkommenden Engpässe zu überwinden. Es war schon darum nie langweilig. Das Einzigste was störte, war, dass die Mediziner auf das Verwaltungspersonal herabsahen. Wir hatten aber einen Superchef, unseren Ökonomischen Direktor. Es war uns ein innerer Vorbeimarsch als er kundtat, dass die Kollegen der Verwaltung gute Arbeit leisten und nicht die "Hannepampel" des medizinischen Bereichs sind. Ging uns runter wie Öl. Auf jeden Fall war es eine Arbeit, die ständig vollen Einsatz verlangte. Ich hätte mir auch nie vorstellen können, am Fließband den ganzen Tag lang die gleichen Handgriffe auszuführen. Wenn auch oft eine Katastrophe die andere jagte, es war immer eine Herausforderung und ständig interessant.

Im Privatbereich verlief in den meisten Fällen das Leben unaufgeregt. Jeder hatte so seinen Freundeskreis, in dem man auf Partei und Regierung, auf alle Mangelsituationen, die das Leben im

Sozialismus so mit sich brachte, schimpfen konnte. Sachen, die aus dem gelobten Land, dem Westen kamen, wurden weitergereicht oder verkauft. Es gab regelrecht Stellen, wo man so ziemlich alles bekommen konnte. Einiges kann man sich heute kaum vorstellen. So gab es z. B. Rätselhefte aus der BRD. Die machten dann die Runde unter den Kollegen. Die Lösungen wurden mit einem weichen Bleistift eingetragen. Vor der Weitergabe wurde alles wieder ausradiert und so konnte das Rätselheft den nächsten erfreuen.

So war das Leben für die meisten Familien in festgefügten Bahnen verlaufen, mit der größtmöglichen Sicherheit im Berufsleben. Es gab zwar viele Mängel, doch daran waren wir gewöhnt. Alles andere war im Land der Träume angesiedelt. War ja kein Wunder. Was muss das für ein Leben sein, wo sogar die Verpackung des Bohnenkaffees einen Hauch von Luxus verbreitete. Und Reisen wohin man wollte – kaum vorstellbar. Die Medien zeigten uns ein Leben, wie es jeder gerne in Freiheit genießen wollte. Die Verwandtschaft ließ auch nichts aus, ihren Wohlstand darzustellen. Viele bekamen jeden Monat ihr Unterstützungspaket. Dass der Gegenwert von der Steuer abgesetzt werden konnte, wurde allerdings nicht erwähnt.

Meine Euphorie hielt sich, für viele unvorstellbar, in Grenzen. Irgendwie war mir bewusst, das wir zu der Bevölkerungsgruppe gehörten, die für alles, was sie erreichen wollen, hart arbeiten müssen. Ganz egal unter welchem Kaiser.

So gab es auch in der DDR gute und schlechte Zeiten - glückliche und traurige Erlebnisse und viele unerfüllte Träume.

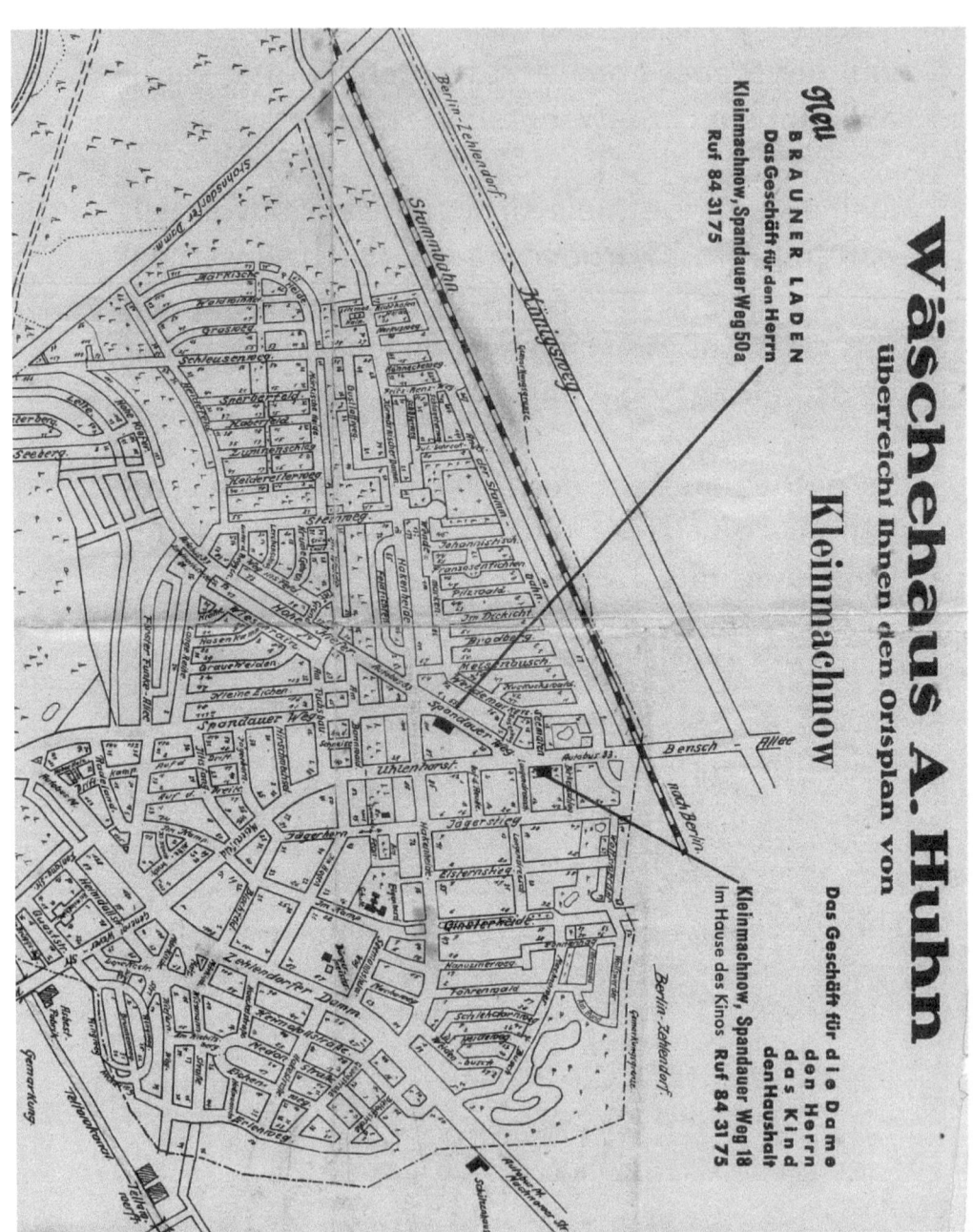

Wäschehaus A. Huhn

überreicht Ihnen den Ortsplan von

Kleinmachnow

Das Geschäft für die Dame
den Herrn
das Kind
den Haushalt

Kleinmachnow, Spandauer Weg 18
Im Hause des Kinos **Ruf 84 3175**

Neu

BRAUNER LADEN
Das Geschäft für den Herrn

Kleinmachnow, Spandauer Weg 50a
Ruf 84 3175

Die Mauer ist gefallen

Unser Leben war wie viele Gewässer. An der Oberfläche plätscherten die Wellen so leise vor sich hin. In tieferen Regionen gab es jedoch Unterströmungen, die stark, alles mitreißend und gefährlich waren. Wenn uns Bürgern auch die heile sozialistische Welt vorgezeigt wurde, es brodelte überall, nicht nur in der DDR. An vielen Dingen konnte man erkennen, dass nicht nur in der DDR die Menschen bereit waren, sich unter allen Umständen ihren Traum von einem freien Leben zu verwirklichen. In aller Öffentlichkeit kursierten Witze, die man sich vorher kaum im stillen Kämmerlein unter Freunden erzählen konnte. Zum Beispiel nach einer FDGB - Kreisveranstaltung erzählte ein Funktionär der Kreisleitung wie folgt: "Ein Genosse kommt von der Reise nach Westdeutschland zurück und wird nach seinen Erlebnissen gefragt. Seine Antwort - er hat den sterbenden Kapitalismus gesehen - ein schöner Tod!" Oder: "Honecker besucht einen Betrieb. Stolz berichtet der Betriebsleiter: Wir haben in der Produktion nur 10% Ausschuss! Fragt Honni zurück: Reicht denn das auch für die gesamte DDR?".

Die Leute hatten es einfach satt, Qualitätsware zu schaffen und mit dem Abfall abgespeist zu werden. Die Frage, ob "die da oben" überhaupt noch mitkriegen, wie bescheiden das Leben der arbeitenden Menschen ist, wurde lauter. Denn "die da oben" hatten ja ihre eigenen Läden, wo das Angebot generell aus Westprodukten bestand. Eine Kollegin unserer Kreispoliklinik hatte versucht, mit Mann und Kind, über die Ungarische Botschaft die DDR zu verlassen. Sie kam zurück, da das Kind erkrankte und dort die medizinische Versorgung nicht gegeben war. Noch vor Jahresfrist wäre eine Inhaftierung die Folge gewesen. Doch nun passierte nichts. Sie arbeitete einfach weiter. Alle Kollegen waren angespannt und jeder versuchte aus den Meldungen der Medien die weitere Entwicklung zu erkennen. Die "vorbildlichen Genossen" wurden sehr zurückhaltend mit ihren Äußerungen.

Es gab viele Träume, wie das Leben in Freiheit zu

gestalten wäre, doch so richtig konnte man sich manches einfach nicht vorstellen. Fakt war, dass die Erwartungen einfach traumhaft waren. Wie sich später herausstellte, waren es auch in vielen Fällen unerfüllte Träume und für einige Bürger sogar Albträume. Aber erst einmal waren wir alle happy, als die Nachricht kam, dass die Grenze geöffnet ist.

Mein Sohn, der an diesem Tag Spätschicht hatte, fuhr mit seinen Kollegen nach Schichtende an die Berliner Mauer, um dem Ereignis so nah wie möglich zu sein. Kontaktfreudig wie er war, freundete er sich mit drei jungen Leuten an. Es entstand eine Freundschaft, die einige Jahre anhielt und die für seinen Übergang zur Einheit sehr positiv war. In Kleinmachnow strömten die Bürger zum ehemaligen Grenzübergang Düppel. Es war eine unüberschaubare Menschenmenge. Sektflaschen machten die Runde, die Menschen aus Ost und West umarmten sich. Es war einfach eine unglaubliche Glückssituation. Am nächsten Tag besorgte uns unser Sohn dann Passierscheine für den Grenzübertritt.

Es gab ja schließlich die DDR noch und alles

musste seine bürokratische Ordnung haben. Die war ja schließlich nach der ersten Euphorie wieder hergestellt. Mein Mann und ich machten uns dann zu Fuß – über den Kontrollpunkt Dreilinden – auf nach Berlin. Bei mir kam ein bisschen Wehmut auf. Ich musste daran denken, wie glücklich mein Vater, der 1988 verstorben war, gewesen wäre, wenn er das erlebt hätte. Als sich alles etwas beruhigt hatte, sind wir dann mit unserem Trabbi nach Britz-Süd aufgebrochen und haben meine Tante besucht. Ihr Mann und sie, wir auch, hatten so einige Schwierigkeiten, uns wiederzuerkennen. Immerhin waren Jahre vergangen. Veränderungen gab es aber in der Hauptsache bei mir. Ich war ja inzwischen zum zweiten Mal verheiratet. Wir hatten einen erwachsenen Sohn und uns in Kleinmachnow Haus, Hof und Garten geschaffen. Meine Tante und ihr Mann wohnten noch in der gleichen Wohnung und hatten noch die gleichen Tapeten an den Wänden. Wir bekamen hier gleich einmal Anschauungsunterricht, dass nicht alles Gold ist, was glänzt. Leben mussten sie von der Rente meines Onkels, denn meine Tante hatte keinen Rentenanspruch. Bis zum Ende des Krieges war sie selbstständig gewesen, in den letzten Kriegstagen ausgebombt und hatte somit alles verloren. Vor dem Bau der Mauer hatte sie mit oft mit Rat und Tat geholfen und mir vieles beigebracht. Nun konnten wir helfen. Alle zwei Wochen fuhren wir zu den beiden. Wir renovierten die Küche und putzten die Wohnung. Eigentlich hätte das nicht sein brauchen, denn mein Onkel hatte aus der ersten Ehe drei Söhne. Einer war allerdings in Australien und kam daher für die Hilfe nicht in Frage. Die anderen beiden wohnten zwar in Berlin, hatten aber mit ihren Familien keine Zeit, die beiden Altchen zu unterstützen.

Zum Geburtstag meiner Tante kam es dann mit der Frau des einen Sohnes und mir zum Krach. Sie war der Meinung, dass wir dem Westen ewig dankbar sein müssten, denn so gut wäre es uns ja noch nie gegangen. Aber erst einmal müssten wir arbeiten lernen. Wumms – das hatte gesessen! Ich war Mitarbeiter der Geschäftsleitung im Gesundheitswesen (ca. 300 Angestellte) und sie Reinigungskraft in einer Chemiefirma. Dazu kam, dass sie von Unterstützung ihrer Schwiegereltern, beide Mitte achtzig, anscheinend auch noch nichts gehört hatte. Am liebsten hätte ich sie verprügelt. Es gelang mir aber, in meinem Gesicht ein hochmütiges Lächeln zu etablieren und ihr zu erläutern, was Arbeit in der DDR bedeutete. Ich konnte meinem Onkel auch noch helfen eine Mieterhöhung für seine Sozialwohnung zu verhindern. Es war für uns eine Erfahrung, dass auch in der BRD die gebratenen Tauben nicht in den Mund fliegen.

Nach drei Jahren änderte sich das Geschehen. Mein Mann hatte einen Schlaganfall und wir waren nun nicht mehr in der Lage die Unterstützung so weiterzuführen. Es kam dann zu einem schrecklichen Ende. Erst starb mein Onkel. Darauf brachen seine Söhne den Kontakt zu meiner Tante wahrscheinlich ab. Sie wurde schlagartig dement. Meinen Versuche, über seine Söhne wenigstens das Notwendigste zu erfahren, schlugen fehl. Über die Behörden lief auch nichts und so weiß ich bis heute nicht, wie und wo ihr Leben zu Ende gegangen ist. Um eine Erfahrung war ich allerdings reicher. Im hochgelobten Westen kann das Leben gefühlsmäßig ganz schön kalt sein.

In Kleinmachnow fielen auch die meisten Bürger aus dem Wolkenkuckucksheim. Sie waren ja in die Häuser der Altkleinmachnower, die die DDR verlassen hatten, eingewiesen worden. Sie hatten die Häuser instand gesetzt, oft sogar ausgebaut und das alles in Eigenleistung. Irgendwie waren es ihre Häuser. Nun kamen die Alteigentümer aus der BRD und machten ihre Ansprüche auf ihr Eigentum geltend. In den meisten Fällen war der Umgangston dabei auch nicht gerade der Beste.

Für viele Kleinmachnower kam noch dazu, dass die meisten, da die Werke im Bereich "abgewickelt" wurden, praktisch arbeitslos waren. Das war aber nicht nur ein praktisches, sondern auch ein mentales Problem. In der DDR hatte jeder die Pflicht zur Arbeit. Wenn nun einer arbeitslos war, war er praktisch asozial. So brach für viele die heile Welt zusammen. Am besten packten es die guten Genossen. Sie hängten ihr Mäntelchen mal wieder in den Wind. So wurde eine Art aus der Vogelwelt auf die Menschheit übertragen. Es gab nun auch bei den Bürgern die Spezies "Wendehälse".

Für mich persönlich war die Zeit der Wende, die interessanteste Zeit meines Arbeitslebens. Wir waren ja nach dem Krankenhaus in Potsdam die größte, alle gesundheitlichen Bereiche umfassende Einrichtung. Eine Kreispoliklinik, erbaut nach den modernsten Maßstäben. Es war kein Geheimnis, auch sie sollte abgewickelt werden. Einige Ärzte und Schwestern hatten bereits schon nach Westberlin gewechselt, da die Gehaltslage dort besser war. So waren wir DDR oder wie die drei Buchstaben auch genannt wurden, "Der Doofe Rest". Doch irgendwie fühlten wir uns unseren Patienten verpflichtet. Schließlich mussten diese ja versorgt werden, und so wurde erst einmal, ohne zu wissen was kommen wird, weitergearbeitet. Inzwischen jagte eine Beratung die andere. Wir bekamen "Berater". Diese wollten natürlich nur unser "Bestes". Vom Bettenhaus für eine Klinik, über Tierklinik bis hin zum Ponyhof war alles drin. Die Diakonie war besonders rege, da es ja in Teltow das Diakonissenhaus gab und dort eine medizinische Außenstelle unserer Kreispoliklinik angesiedelt war.

Da wären wir dann eine Außenstelle unserer Außenstelle geworden. Wir, als Betriebsgewerkschaftsleitung bekamen Unterstützung. Die Berliner ÖTV nahm Verbindung zu uns auf. Sie gab uns echte Hilfe. Die Berater hatten uns ja immer gesagt, dass es in der BRD keine Polikliniken gab. Nun bekamen wir eine Liste der in der BRD bestehenden Polikliniken. Besonders wichtig waren Schulungen, die uns mit dem Arbeitsrecht der BRD vertraut machten. Etwas muss man uns lassen. Wir lernten schnell. Setzten uns zusammen. Ganz egal ob Ärzte, Schwestern oder Verwaltung, wir wollten unsere Einrichtung erhalten. Wir organisierten Busse und fuhren zum Ministerium nach Berlin. Wir sprachen in Potsdam mit den Politikern. Wir organisierten einen Streik in unserer Einrichtung, damit die Bevölkerung aufmerksam wurde. Erarbeiteten eine Richtlinie, wie man die Einrichtung erhalten könnte und damit sogar die Privatisierung der Ärzte unterstützen könnte. Es gelang Verbindung zu unserer Ministerin – Regine Hildebrand – zu bekommen. Wir organisierten eine Mitgliederversammlung und sie kam, machte uns Mut durchzuhalten, denn unsere Einrichtung sei es wert, erhalten zu bleiben. Diesen Tag werde ich nie vergessen. Mit welchem Enthusiasmus sie uns aufforderte, weiter zu arbeiten, um die Patienten, die uns vertrauten, zu versorgen. Damit hatten wir gewonnen.

Was nun kam, war Arbeit, Arbeit und nochmal

Arbeit. Und wieder Beratung, Beratung, Beratung. Bei vielen Kollegen lagen die Nerven blank. Bei aller Euphorie über den Fall der Mauer und den damit verbundenen Einzug der Demokratie und somit der Selbstbestimmung, machte sich bei einigen langsam die Sorge bemerkbar, dass nicht alles Gold ist, was glänzt. Das wurde verstärkt durch die Arroganz einiger "Berater", die uns als Menschen zweiter Klasse behandelten. Als Leiter der Finanzwirtschaft, genannt Haushaltswirtschaft, bekam ich gesagt, dass ich erst einmal richtig arbeiten lernen müsste. Zum zweiten Mal!

Boing – das hatte gesessen! Nur gut, dass mich schon meine Mutter zur Höflichkeit erzogen hatte. Vor allem war es für das Medizinische Personal eine schwere Zeit. Am Tage die Sprechzeiten abdecken und anschließend Beratungen über die zukünftige Gestaltung unserer Einrichtung. Erschwerend wirkte sich die Tatsache aus, dass viele Beschäftigte gar nicht schnell genug die Kurve kratzen konnten und somit die Personaldecke recht ausgedünnt war. Die Verdienstmöglichkeiten in Westberlin waren eben wesentlich besser. Verunsicherung in höchstem Maße brachte auch die Tatsache, dass kein Mitarbeiter so genau wusste, woher die Mittel zur Finanzierung der Löhne und Gehälter kommen sollte. Nun, auch das Problem habe ich mit Hilfe der Kassenärztlichen Vereinigung lösen können. Mir persönlich hat dies allerdings viel Ärger eingebracht. Unser Ökonomischer Leiter, bis zur endgültigen Lösung amtierend, war krank. Als Stellvertreter im Finanzbereich war ich nun verantwortlich. Wie gesagt habe ich die Finanzierung der Gehälter absichern können. Wieder genesen hat mir mein Chef den Vorwurf gemacht, dass ich meine Kompetenzen überschritten hätte. Konsequenzen daraus gab es, außer dem Ärger allerdings nicht, denn alle, vor allem die Ärzte, waren zufrieden, dass sie ihr Gehalt bekommen hatten. So habe ich mich trotz der Vorwürfe meines Chefs eigentlich ganz gut gefühlt, und außer ihm waren ja alle zufrieden mit mir.

Für mich gab es dann noch ein spezielles Problem. Ich war ja BGL – Vorsitzende (BGL = Betriebsgewerkschaftsleitung). Fast alle Kollegen waren im FDGB organisiert. Die Beiträge waren schon im Voraus eingezahlt. Nun gab es den FDGB aber nicht mehr. Die ÖTV, als für uns zuständige Gewerkschaft, wollte uns nicht komplett übernehmen. Wie also weiter? Meine Bürotür stand nicht mehr still. Unsere Kassiererin saß in einer entfernten Außenstelle und so wollten die Kollegen ihre Beiträge von mir zurückhaben. Wir Gewerkschaftsleitungsmitglieder hatten dann die Idee des Jahrhunderts. Wir beschlossen, die gesamten Geldmittel an ein Kinderdorf zu spenden. Gesagt, getan. Es waren zwar einige Kollegen sauer, konnten aber – ohne das Gesicht zu verlieren – nicht mal meckern.

Die Grundlage zur weiteren Gewerkschaftsarbeit konnten wir schaffen, indem wir einen Personalrat wählten. Das gefiel unserem ärztlichen Direktor gar nicht, denn die Stimme der Gewerkschaft war manches Mal bei Beratungen im Wege. So sagte er uns lächelnd, dass wir sowieso nichts zu sagen hätten, weil für die zukünftige Struktur ein Betriebsrat zuständig wäre. Dann entgleisten ihm die Gesichtszüge, da ich ihm sagen musste, dass wir dem schon Rechnung getragen hatten und den Personalrat zum Betriebsrat umgebildet hatten. Nun nur so zwischendurch. Den Ärztlichen Direktor gab es nicht mehr sehr lange. Er war Arzt und zog die Niederlassung einer Funktion in unserer Einrichtung vor. Mich gab's jedenfalls bis zum Rentenalter (2000) und ich konnte mit meiner Arbeit als Gewerkschaftler noch vielen Kollegen bei ihren arbeitsrechtlichen Problemen helfen.

Probleme gab es auch wirklich genug. Das Ergebnis unserer Bemühungen, der zahlreichen Tagungen und Arbeitsgruppen stand endlich fest. Wir bleiben eine Einrichtung des Gesundheitswesens. Doch bis dahin war es noch ein weiter Weg, denn die richtige Form musste erst noch gefunden werden. Am 1. August 1991 war es dann endlich so weit. Es wurden zwei Gesellschaften gegründet. Die Gesundheitszentrum-Gemeinschaft, und die Medizinische Einrichtungsgemeinschaft. Beide mit dem Zusatz: "in Gründung". Am 1. Oktober war es dann endlich so weit. Unsere Einrichtung bestand aus zwei anerkannten GmbH's.

Nun wussten wir zwar, wie es mit der ehemaligen Kreispoliklinik weiterging, doch für die Kollegen, sofern sie noch in der Einrichtung beschäftigt waren, war damit die Unsicherheit noch längst nicht überwunden. Wir lernten eigentlich alle Formen des Arbeitslebens kennen. Vorgezoge-

nen Eintritt ins Rentenalter, Kurzarbeit, Weiter-
arbeit nach Qualifizierungslehrgang, Umsetzung
in andere Bereiche, Übernahme durch andere
Einrichtungen, Kündigungen. Verhandlungen vor
dem Arbeitsgericht.

Unser Leben, das bis dahin in vorbestimmten
Bahnen verlief, war völlig umgekrempelt. Alles
musste neu geordnet werden. Dieser Prozess
wurde erschwert, durch viel Unverständnis auf
beiden Seiten. Wir hatten ja ständige "Berater" aus
der BRD. Die verstanden nicht, warum manche
Kollegen am Boden zerstört waren, wenn sie entlassen wurden. Es war nicht einfach, den Beratern
zu erklären, dass es in der DDR kaum möglich war,
jemanden zu entlassen. Wenn doch, dann war
dieser asozial. So waren der Begriff "Kündigung"
und der Begriff "Asozial" für viele gleichbedeu-
tend. Wir konnten auch nicht verstehen, dass
Vertreter von Banken und auch von Krankenkas-
sen, gut geschulte Werbeverkäufer waren und
keine Hemmungen hatten, uns über den Tisch
zu ziehen.

Es war eine Zeit, in der es alles gab. Euphorie
über das Ende der DDR-Herrschaft, Entsetzen

über die Arroganz vieler BRD-Bürger und die von ihnen verlangte ewige Dankbarkeit über die Vereinigung, aber auch stilles Abwarten, was die Zukunft bringen wird. Da bekamen Honeckers Worte eine völlig neue Bedeutung "Vorwärts immer – Rückwärts nimmer". Alle waren wir aber froh, nun endlich wieder ein geeintes Deutschland zu haben. Es hat zwar wesentlich länger gedauert, als vorausgesehen, aber angekommen sind wir jedenfalls.

Meine Heimat, meine Gemeinde Kleinmachnow, war aber nun wieder einmal einer großen Veränderung ausgesetzt. Die Kleinmachnower, die vor und nach der Entstehung der DDR Kleinmachnow verlassen hatten, kamen nun wieder und forderten ihre Häuser zurück. So verging vielen Bürgern die Freude an der Wiedervereinigung. Die Zukunft ließ sich aber nicht aufhalten. Es wurde gebaut. Es entstanden ganze neue Ortsteile. Die Umzieherei begann und jetzt, nach sechsundzwanzig Jahren sind nur noch ca. fünfundzwanzig Prozent der Einwohner der Gemeinde Bürger, deren Verwandtschaft einst in Kleinmachnow gesiedelt hat. Kleinmachnow ist auch jetzt wieder eine wunderschöne Gemeinde und für viele Bürger wieder Heimat geworden. Es tut aber ein bisschen weh, wenn man einen "Ureinwohner" trifft und der traurig meint: "Es ist nicht mehr mein Kleinmachnow". Der Zusammenhalt, der uns allen geholfen hat, die Unbillen der DDR zu ertragen, den gibt es nicht mehr. Die Hecken sind dichter und die Zäune höher. Jeder hat so seine eigene Welt.

Doch die Zeit bleibt nicht stehen und so wird Kleinmachnow auch für alle Zugezogenen einmal Heimat sein. Ich selbst habe Kleinmachnow vor zwanzig Jahren der Liebe wegen verlassen und bin in die Nachbargemeinde gezogen. Meine Heimat ist jedoch Kleinmachnow. Zweiundsechzig Jahre Kleinmachnow haben aus mir eine echte Kleinmachnowerin gemacht und so wird es auch immer bleiben.

Nachklang

Gerade beim Schreiben über die Vergangenheit kommen mir die Unterschiede der Wünsche und Träume der Generationen zu Bewusstsein. Gezeichnet von den Kriegswirren, der Vertreibung vieler Familien aus ihrer Heimat und den damit verbundenen schrecklichen Erlebnissen der Flucht, waren unsere Träume und Wünsche auf ein glückliches Familienleben – in größtmöglicher Sicherheit – gerichtet. Die Trennung in Ost und West hatte viele Familien zerrissen und unsere Hoffnungen waren auf die Überwindung der künstlich geschaffenen Grenze gerichtet. Bis dahin mussten wir uns eben mit dem Vorhandenen einrichten, um trotzdem ein erfülltes Leben zu haben.

Wenn ich unsere Wünsche, die wir im jungen Erwachsenenalter hatten, mit denen der heutigen Generation vergleiche, bin ich manches Mal erschrocken. Uns waren materiell und ideell Grenzen gesetzt. Für uns war das Wesentliche, eine gute Ausbildung, die Beherrschung unserer deutschen Sprache und Kultur. Da herrscht bei unserer Generation das kalte Grausen, wenn junge Menschen bei Befragungen im Fernsehen kundtun, dass für sie der Wunsch aller Wünsche "unbegrenztes Shoppen" ist. Die anscheinend mangelnde Sicherheit in unserer Sprache wird moderner Weise durch die Einfügung englischer Worte überspielt. Bei genauer Hinsicht werden hier gleich zwei Sprachen vergewaltigt.

Unserer Jugend stehen heute alle Möglichkeiten offen. Wie diese genutzt werden, ist in unseren Augen oft zumindest grenzwertig. Doch bei genauer Betrachtung ist die Entwicklung nach-zuvollziehen. Unsere Kinder sollten es besser haben. Die gaben uns aber die Schuld an der ge-schichtlichen Misere. Wir waren in ihren Augen zu schwach, um einem grausamen Geschehen Einhalt zu gebieten. Wir Alten bezweifeln aber, ob die heranwachsende Ellbogengesellschaft mit ihrem ausgeprägten Egoismus wirklich auf dem geschichtlich richtigen Weg ist.

Es bleibt spannend. Es bleibt aber immer Hoff-nung.

Die Autorin

Eva-Maria Kluck (Jahrgang 1935)
Geboren in Berlin, von 1936 bis 1997 in Kleinmachnow gelebt, danach in Stahnsdorf.

Berufe: Maßschneiderin und Wirtschaftskauffrau Sie war als Angestellte im Rat der Gemeinde Kleinmachnow, in der Landwirtschaftsbank in Potsdam und von 1975 bis 2000 im Gesundheitswesen (Geschäftsleitung, ab 1997 Leiterin des Seniorenbüros AVUS) in Teltow tätig.

Hobbys: Aus dem Leben schreiben: Anekdoten, bissige Leserbriefe, Glossen und Familiengeschichte, ehrenamtliche Tätigkeit in Selbsthilfegruppen.

Mein besonderer Dank geht an:
Carmen Sabernak welche schon viele meiner Gedichte und Geschichten in folgenden Büchern veröffentlicht hat. Dankeschön!

$\mathcal{B}$isher erschienen

**Aus der Reihe „Perlen unserer Erinnerung"
sind bereits erschienen:**

„Hannas Weihnachtsengel"
erschienen 2013 im BoD Verlag

ISBN: 9783732280414
Preis: 5,00 Euro

„Begegnungen im Leben"
erschienen 2013 im BoD Verlag

ISBN: 9783732280889
Preis: 5,00 Euro

„Verlust und Wiederfinden"
erschienen 2015 im BoD Verlag

ISBN: 9783734745812
Preis: 5,00 Euro

„Elli"
erschienen 2015 im BoD Verlag

ISBN: 9783734769276
Preis: 5,00 Euro

„*Mein Berlin - Mitten mang und Dichte bei*"
erschienen 2015 im BoD Verlag

ISBN: 9783738613599

Preis: 5,00 Euro

„*Am Wege blüht Vergissmeinnicht*"
erschienen 2015 im BoD Verlag

ISBN: 9783738629262

Preis: 5,00 Euro

„*Singen und Wandern - das ist unser Leben*"
erschienen 2015 im BoD Verlag

ISBN: 9783738659931

Preis: 5,00 Euro

„*Jahreswende - von Anfang bis Ende*"
erschienen 2016 im BoD Verlag

ISBN: 9783741276798

Preis: 5,00 Euro

„*Sehnsucht, Glück und Bäume*"
erschienen 2017 im BoD Verlag

ISBN: 9783848257195

Preis: 5,00 Euro

„Täuscht der schöne Schein?"
erschienen 2018 im BoD Verlag

ISBN: 9783748111948
Preis: 5,00 Euro

„Winterperlen"
erschienen 2018 im BoD Verlag

ISBN: 9783748101093
Preis: 5,00 Euro

„Sommer-Zeit-Reise"
erschienen 2019 im BoD Verlag

ISBN: 9783748146964
Preis: 5,00 Euro

„Geflüster bei Kerzenshein"
erschienen 2019 im BoD Verlag

ISBN: 9783750401877
Preis: 3,99 Euro